사피엔스 한국문학

중·단편소설

22

박완서

그 여자네 집

엄마의 말뚝 2

지 알고 내 알고 하늘이 알건만

사피엔스 한국문학 중·단편소설 22
박완서 지 알고 내 알고 하늘이 알건만

초판 1쇄 펴낸날 2013년 9월 10일

지은이 박완서
엮은이 김양선
펴낸이 최병호
본문 일러스트 이경하
펴낸곳 (주)사피엔스21
주소 10403 경기도 고양시 일산동구 중앙로 1233 현대타운빌 205
전화 031)902-5770 **팩스** 031)902-5772
출판등록 제22-3070호
ISBN 978-89-6588-171-1 44810
ISBN 978-89-6588-072-1 (세트)

* 파본은 교환해 드립니다.
* 이 책에 실린 모든 내용에 대한 권리는 (주)사피엔스21에 있으므로
 무단으로 전재하거나 복제, 배포할 수 없습니다.

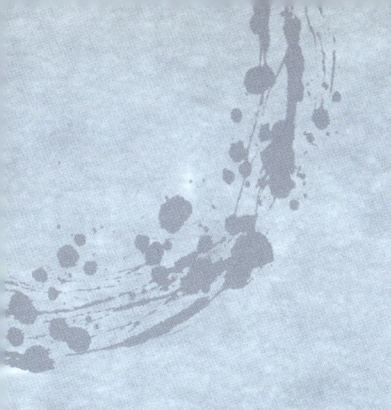

박완서

● 그 여자네 집
   엄마의 말뚝 2
   지 알고 내 알고 하늘이 알건만

에스피에스 한국문학 중·단편소설 22 | 엮은이 · 김양선

사피엔스 한국문학 - 중·단편소설을 펴내며

　『사피엔스 한국문학』은 청소년과 일반 성인이 한국 문학을 대표하는 작가들의 대표 작품을 편하게 읽으면서도 한국 현대 문학의 흐름을 이해하는 데 다소라도 도움이 되도록 기획한 선집(選集)입니다. 이미 다수의 한국 문학 선집이 시중에 출간되어 있으나, 이번 선집은 몇 가지 점에서 이전 선집들과의 차별화를 시도하였습니다.

　첫째, 안정되고 정확한 텍스트를 독자에게 제공하는 데 주안점을 두었습니다. 문학 작품은 말 그대로 언어라는 실로 짠 화려한 양탄자입니다. 더군다나 한국 문학을 대표하는 작가들의 대표 작품들이라면 두말할 나위가 없겠지요. 이들 작품을 감상하는 데 있어서 정확하면서도 편안한 텍스트를 제공하는 것은 선집이 지녀야 할 핵심 덕목이라고 할 수 있습니다. 그래서 이번 선집은 각 작품의 최초 발표본과 작가 생애 최후의 판본, 그리고 가장 최근에 발간된 비판적 판본(critical version) 등을 참조하여 텍스트에 정확성을 최대한 기하되, 현대인이 읽기 쉽도록 표기를 다듬었습니다. 또한 낯설거나 어려운 낱말에 대한 풀이를 두어서 작품 감상의 흐름이 끊어지지 않고 작품에 자연스럽게 몰입할 수 있도록 편집하는 데 많은 노력을 기울였습니다.

둘째, 선집에 포함될 작가와 작품을 선정하는 데 고심에 고심을 기울였습니다. 물론 기존 문학 선집들의 경우에도 작가 및 작품 선정에 그 나름의 고심을 기울였을 것입니다. 하지만 문학 선집이라는 것은 시대의 흐름과 독자의 취향, 현대적 문제의식 등을 종합적으로 고려해야 하는 것이어서, 시간이 지나고 세상이 바뀌면 작가 및 작품의 선정 기준과 원칙도 달라질 수밖에 없습니다. 이번 선집은 이러한 점들을 고려하여 작가와 작품을 엄선하되, 오늘을 살아가는 청소년과 일반 성인들이 갖고 있는 문제의식 및 취향에 부합할 수 있도록 노력하였습니다.

셋째, 청소년을 위한 최선의 한국 문학 선집이 될 수 있도록 하였습니다. 오늘날 세상은 디지털 문명으로 매우 빠르게 흘러가고, 우리 청소년들은 입시의 중압감과 온갖 뉴미디어의 홍수 속에서 자칫 마음을 키우고 생각을 넓히는 데 소홀해지기 쉽습니다. 이러한 정보의 홍수와 경쟁의 급류 속에서 문학은 자칫 잃기 쉬운 성찰의 기회를 제공해 줍니다. 시대와 호흡하면서 인간의 삶이 제기하는 다양한 문제를 다채롭게 형상화한 작품을 읽으며, 그 작품 속에 그려진 세상과 인물에 공감하면서 때로는 충격을 받고, 때로는 고민에 휩싸이며, 그 속에서 새로운 자아를 발견하는 과정을 통해 청소년들이 깊은 생각과 넓은 마음을 키울 수 있을 것이라 확신합니다. 작품별로 자세한 해설을 달고 그 해설에서 문학 교육의 핵심 내용을 비중 있게 다룬 것 또한 청소년 독자를 위한 배려에서 비롯된 것입니다.

문학 선집을 엮는 일은 두렵고도 설레는 일입니다. 감히 작가와 작품을 고른다는 것도 두려운 일이었거니와, 이 선집을 시대가 요구하는 최고의 선집으로 만들어야겠다는 사명감도 이번 문학 선집을 엮는 과정에서 저희 엮은이들과 편집자들의 어깨를 짓누르는 한편 가슴 벅찬 기대를 품게 만들었습니다. 부디 이 선집으로 많은 이들이 한국 문학의 정수(精髓)를 만끽하길 바랍니다. 그리고 날카로운 질책과 따스한 성원을 아울러 기대합니다.

끝으로 이 자리를 빌려 물심양면으로 선집의 출간을 뒷받침해 주신 (주)사피엔스21의 권일경 대표 이사님 이하 편집부 직원 모두에게 감사를 드립니다. 또한 이 선집을 위해 작품의 출간을 허락하신 작가들과 저작권을 위임받아 여러 편의를 제공해 준 한국문예학술저작권협회 측에도 감사의 말을 전합니다.

엮은이 대표 _ 신두원

일러두기

●

1. 수록 작품은 최초 발표본과 작가 생애 최후의 판본, 그리고 가장 최근에 발간된 비판적 판본(critical version) 등을 참조하여 텍스트를 확정했습니다. 참조한 판본은 작품 뒤에 밝혔습니다.
2. 한 작가의 작품 배열은 청소년들의 눈높이와 문학사적인 지명도를 고려하여 그 순서를 정하였습니다.
3. 뜻풀이가 필요하다고 판단되는 낱말과 문장은 본문 아래쪽에 그 풀이를 달았습니다.
4. 표기는 원문에 충실히 따르는 것을 원칙으로 하되, 맞춤법과 띄어쓰기는 최대한 현행 표기법을 따랐습니다. 단, 해당 작가만의 개성이 묻어 있는 말이나 방언, 속어, 고어 등은 최대한 원문대로 살려 놓았습니다.
5. 위의 원칙들은 작가에 따라, 지문과 대화에 따라, 문체에 따라, 문맥에 따라 적용의 정도가 달라질 수 있습니다.

차례

간행사 4

그 여자네 집 10
엄마의 말뚝 2 60
지 알고 내 알고 하늘이 알건만 160

작가 소개 210

그 여자네 집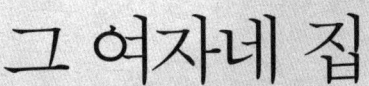

이 작품은 살구꽃이 흐드러지게 피는 아름다운 시골 마을을 배경으로 만득이와 곱단이의 순수한 사랑을 그리고 있습니다. 하지만 마을 사람 모두가 인정한 어여쁜 한 쌍이었던 두 사람은 결국 이루어지지 않지요. 두 사람의 인연을 갈라놓은 것은 무엇이었을까요? 게다가 오랜 세월이 흘러 노년에 만난 만득 씨에게는 또 다른 사연이 있었습니다. 그 사연은 무엇인지 한번 들여다볼까요?

지난 여름 작가회의에서 북한 동포 돕기 시 낭송회를 한 적이 있다. 시인들만 참여하는 줄 알았더니 각계 원로들도 자기가 평소 애송하던 시를 낭송하는 순서가 있다고, 나한테도 한 편 낭송해 달라고 했다. 내가 원로 소리를 듣게 된 것이 당혹스러웠지만, 북한 돕기라는 데 핑계를 둘러대고 빠질 만큼 빤질빤질하지는 못 했나 보다. 하겠다고 했다. 그러나 거역할 수 없는 명분보다 더 중요한 것은 낭송하고 싶은 시가 있었다는 게 아니었을까. 그 무렵 나는 김용택의 〈그 여자네 집〉이라는 시에 사로잡

작가회의 우리나라의 대표적인 문인 단체로, 표현의 자유와 사회 민주화에 앞장섰던 작가들의 모임인 '자유실천문인협의회'와 '민족문학작가회의'가 전신(前身)이다.
원로(元老) 어떤 분야에 오래 종사하여 나이와 공로가 많고 덕망이 높은 사람.
애송하다(愛誦--) 시가(詩歌)나 문장 따위를 즐겨 외다.
김용택(金龍澤) 시인. 전북 임실 출생. 순창농림고교 졸업 후 초등학교 교사로 근무하며 1982년 창작과비평사의 『21인 신작시집』에 연작시 〈섬진강 1〉 외 8편을 발표하면서 본격적인 창작 활동을 시작하였다. 1986년 '김수영문학상', 1997년 '소월시문학상'을 수상하였다. 시집으로 『섬진강』(1985), 『그 여자네 집』(1998), 『콩, 너는 죽었다』(1998) 등이 있다.

혀 있었다. 김용택은 내가 좋아하는 시인 중의 한 사람일 뿐 가장 좋아하는 시인이라고는 말 못 하겠다. 마찬가지로 〈그 여자네 집〉이 그의 많은 시 중 빼어난 시에 속하는지 아닌지도 잘 모르겠다. 〈그 여자네 집〉은 다음과 같다.

가을이면 은행나무 은행잎이 노랗게 물드는 집
해가 저무는 날 먼 데서도 내 눈에 가장 먼저 뜨이는 집
생각하면 그리웁고
바라보면 정다운 집
어디 갔다가 늦게 집에 가는 밤이면
불빛이, 따뜻한 불빛이 검은 산속에 살아 있는 집
그 불빛 아래 앉아 수를 놓으며 앉아 있을
그 여자의 까만 머릿결과 어깨를 생각만 해도
손길이 따뜻해져 오는 집

살구꽃이 피는 집
봄이면 살구꽃이 하얗게 피었다가
꽃잎이 하얗게 담 너머까지 날리는 집
살구꽃 떨어지는 살구나무 아래로
물을 길어오는 그 여자 물동이 속에
꽃잎이 떨어지면 꽃잎이 일으킨 물결처럼 가 닿고
싶은 집

샛노란 은행잎이 지고 나면

그 여자

아버지와 그 여자

큰오빠가

지붕에 올라가

하루 종일 노랗게 지붕을 이는˚ 집

노란 집

어쩌다가 열린 대문 사이로 그 여자네 집 마당이 보이고

그 여자가 마당을 왔다 갔다 하며

무슨 일이 있는지 무슨 말인가 잘 알아들을 수 없는 말소리와

옷자락이 언듯언듯 보이면

그 마당에 들어가서 나도 그 일에 참여하고 싶은 집

마당에 햇살이 노란 집

저녁 연기가 곧게 올라가는 집

뒤안˚에 감이 붉게 익은 집

참새 떼가 지저귀는 집

눈 오는 집

이다 기와나 이엉 따위로 지붕 위를 덮다.
뒤안 뒤꼍. 집 뒤에 있는 뜰이나 마당.

아침 눈이 하얗게 처마 끝을 지나
마당에 내리고
그 여자가 몸을 웅숭그리고
아직 쓸지 않은 마당을 지나
뒤안으로 김치를 내러 가다가 "하따, 눈이 참말로 이쁘게도 온다이이" 하며
눈이 가득 내리는 하늘을 바라보다가
속눈썹에 걸린 눈을 털며
김칫독을 열 때
하얀 눈송이들이 김칫독 안으로
내리는 집
김칫독에 엎드린 그 여자의 등허리에
하얀 눈송이들이 하얗게 하얗게 내리는 집
내가 목화송이 같은 눈이 되어 내리고 싶은 집
밤을 새워, 몇 밤을 새워 눈이 내리고
아무도 오가는 이 없는 늦은 밤
그 여자의 방에서만 따뜻한 불빛이 새어 나오면
발자국을 숨기며 그 여자네 집 마당을 지나 그 여자의 방 앞
뜰방에 서서 그 여자의 눈 맞은 신을 보며

웅숭그리다 춥거나 두려워 몸을 궁상맞게 몹시 웅그리다.
뜰방 '토방'의 사투리. 방에 들어가는 문 앞에 좀 높이 편평하게 다진 흙바닥.

머리에, 어깨에 쌓인 눈을 털고
가만히, 내리는 눈송이들도 들리지 않는 목소리로
가만 가만히 그 여자를 부르고 싶은 집
그
여
자
네 집

어느 날인가
그 어느 날인가 못밥˙을 머리에 이고 가다가 나와 딱
마주쳤을 때
"어머나" 깜짝 놀라며 뚝 멈추어 서서 두 눈을 똥그랗게 뜨고
나를 쳐다보며 반가움을 하나도 감추지 않고
환하게, 들판에 고봉˙으로 담아 놓은 쌀밥같이,
화아안하게 하얀 이를 다 드러내며 웃던 그
여자 함박꽃 같던 그
여자

그 여자가 꽃 같은 열아홉 살까지 살던 집

못밥 모내기를 하다가 들에서 먹는 밥.
고봉(高捧) 곡식을 되질하거나 그릇에 밥 등을 담을 때에, 그릇 위로 수북하게 담는 방법.

우리 동네 바로 윗동네 가운데 고샅° 첫 집
내가 밖에서 집으로 갈 때
차에서 내리면 제일 먼저 눈길이 가는 집
그 집 앞을 다 지나도록 그 여자 모습이 보이지 않으면
저절로 발걸음이 느려지는 그 여자네 집
지금은 아, 지금은 이 세상에 없는 그 집
내 마음속에 지어진 집
눈 감으면 살구꽃이 바람에 하얗게 날리는 집
눈 내리고, 아, 눈이, 살구나무 실가지° 사이로
목화송이 같은 눈이 사흘이나
내리던 집
그 여자네 집
언제나 그 어느 때나 내 마음이 먼저
가
있던 집
그
여자네
집
생각하면, 생각하면 생. 각. 을. 하. 면……

고샅 시골 마을의 좁은 골목길. 또는 골목 사이.
실가지 실처럼 가느다란 나뭇가지.

내가 「녹색평론」에서 그 시를 처음 읽고 깜짝 놀란 것은, 이건 바로 우리 고향 마을과 곱단이와 만득이 이야기다 싶었기 때문이다. 지금은 칠순이 훨씬 넘은 장만득 씨는 아직도 문학청년 기질을 가지고 있다. 불과 몇 년 전까지만 해도 신춘문예 철만 되면 가슴이 울렁거린다고 했다. 가슴만 울렁거린 게 아니라 응모도 해 봤으리라고 나는 넘겨짚고 있다. 그 울렁거림이 얼마나 참을 수 없는 울렁거림이라는 걸 알고 있기 때문이다. 만일 그 시가 김용택이라는 유명한 시인의 시가 아니라 처음 들어 보는 시인의 시였다면 나는 장만득 씨가 가명으로 등단을 했으리란 걸 의심치 않았을 것이다. 나는 그 시를 읽고 또 읽었다. 처음에 희미했던 영상이 마치 약물에 담근 인화지처럼 점점 선명해졌다. 숨어 있던 수줍은 아름다움까지 낱낱이 드러나자 나는 마침내 그리움과 슬픔으로 저린 마음을 주체할 수가 없어서 혼자서 느릿느릿 포도주 한 병을 비웠다.

녹색평론 1991년 10월 창간된 격월간 잡지. 사람과 사람, 사람과 자연 사이의 분열을 치유하고 공생적 문화가 유지될 수 있는 사회의 재건에 이바지하는 것을 창간 목적으로 한다.
문학청년(文學靑年) 문학을 좋아하고 문학 작품의 창작에 뜻이 있는 청년. 또는 문학적 분위기를 좋아하는 낭만적인 청년.
기질(氣質) 사람의 행동이나 성격에서 나타나는 기품과 성질.
신춘문예(新春文藝) 매년 1월 1일에 「조선일보」, 「동아일보」, 「경향신문」 등 주요 일간 신문사에서 아마추어 작가를 대상으로 작품을 공모, 심사하여 새로운 작가의 작품을 뽑는 행사.
가명(假名) 실제의 자기 이름이 아닌 이름.
등단(登壇) 어떤 사회적 분야에 처음으로 등장함. 주로 문단(文壇)에 처음으로 등장하는 것을 이른다.
　문단(文壇) 문학을 전문으로 하는 사람들의 활동 무대나 분야.
인화지(印畵紙) 사진 원판으로 사진을 인화하기 위하여 감광 물질을 바른 종이.

곱단이는 범강장달이 같은 아들을 내리 넷이나 둔 집의 막내
딸이자 고명딸이었다. 부지런한 농사꾼 아버지와 착실한 아들
들은 가을이면 우리 마을에서 제일 먼저 이엉을 이었다. 다섯
장정이 휘딱 해치울 일이건만 제일 먼저 곱단이네 지붕에 올라
앉아 부산을 떠는 건 만득이였다. 만득이는 우리 동네의 유일한
읍내 중학생이라 품앗이 일에서는 저절로 제외되곤 했건만 곱
단이네가 일손이 모자라는 집도 아닌데 제일 먼저 달려들곤 했
다. 곱단이 작은오빠하고 만득이는 친구 사이였다. 그래도 마을
사람들은 만득이가 곱단이네 집 일이라면 발벗고 나서고 싶어
하는 게 친구네 집이라서가 아니라 그 여자, 곱단이네 집이기
때문이라는 걸 알고 있었다. 부엌에서 더운 점심을 짓느라 연기
가 곧게 올라가는 따뜻한 가을날, 곱단이네 지붕에 제일 먼저
뛰어올라 깃발처럼 으스대는 만득이를 보고 동네 노인들은 제
색시가 고우면 처갓집 말뚝에도 절을 한다더니만, 하고 혀를 차
지만 그건 곧 만득이가 곱단이 신랑이 되리라는 걸 온 동네가
다 공공연하게 인정하고 있다는 증거였다.

범강장달이(范彊張達-) 키가 크고 우락부락하게 생긴 사람을 이르는 말. '범강(范彊)'과 '장달
(張達)'은 중국의 〈삼국지연의〉에 나오는 인물로서, 그들의 대장인 장비를 죽인 사람들이다.
내리 잇따라 계속.
고명딸 아들 많은 집의 외딸.
이엉 초가집의 지붕이나 담을 이기 위하여 짚이나 억새 따위로 엮은 물건.
장정(壯丁) 나이가 젊고 기운이 좋은 남자.
부산 급하게 서두르거나 시끄럽게 떠들어 어수선함.
품앗이 힘든 일을 서로 거들어 주면서 품을 지고 갚고 하는 일.
공공연하다(公公然--) 숨김이나 거리낌이 없이 그대로 드러나 있다.

둘 사이는 그들보다 어린 우리 또래들 사이에도 선망의 대상이었다. 우리들은 그들 사이를 연애를 건다고 말하면서 야릇하게 마음 설레곤 했다. 40년대의 보수적인 시골 마을에서도 젊은 남녀가 부모 몰래 사랑을 나누는 일이 아주 없었던 건 아니었나 보다. 누가 누구하고 바람이 났다던가, 눈이 맞았다던가, 심지어는 배가 맞았다는 소문까지 날 적이 있었다. 그건 부모가 얼굴을 못 들고 다닐 만한 스캔들이었고, 그 뒤끝도 거의 다 너절하거나 께적지근한 것이었다.

곱단이하고 만득이가 좋아하는 것을 바람났다고 말하지 않고 연애 건다고 말한 것은 그런 스캔들과 차별 짓고 싶은 마음에서였을 것이다. 마을 사람들로서는 일종의 애정이요 동경이었다. 남자들은 서당에서 한문 공부를 하고 여자들은 어깨너머로 언문을 해독할 수 있을 정도로 까막눈은 면했다 하나 읍에서 이십여 리나 떨어진 이 마을에서 신식 학교 교육은 아직 먼 풍문이었다. 그러나 기회만 닿으면 자식에게만은 시켜 보고 싶은 거였다. 연애에 대해서도 비슷한 생각을 가졌던 것 같다. 도시에서 배운 사람들이 하는 개화된 풍속에 대한 거역할 수 없는 호기심을 가지고 있었다. 젊은 사람들 사이에서뿐만 아니라 사

선망(羨望) 부러워하여 바람.
께적지근하다 (일이나 행동이) 조금 너절하고 지저분하다.
언문(諺文) 상말을 적는 문자라는 뜻으로, '한글'을 속되게 이르던 말.
까막눈 글을 읽을 줄 모르는 무식한 사람.
풍문(風聞) 바람처럼 떠도는 소문.

사건건 트집 잡기 좋아하는 노인네들한테까지 그들의 연애는 일찌거니 인정받은 거나 다름없었다. 왜냐하면 그들이 미처 연정을 느끼기 전부터 둘이 짝이 된다면 얼마나 보기 좋은 한 쌍이 될까 눈을 가느스름히 뜨고 상상하는 것만으로 즐거워한 게 노인들이었기 때문이다. 만득이나 곱단이네나 일 년 계량하기에 모자라지도 넘치지도 않을 만한 토지를 가진 자작농이었고, 인품이 후하여 어려운 사람 살필 줄 아는 집안이었다. 만득이는 위로 누나들만 있고, 곱단이는 오빠들만 있어서, 기다리던 귀한 아들 딸이었다. 제집에서 귀히 여기는 자식은 남들도 한 번 볼 거 두 번 보면서 덕담을 아끼지 않는 법이다.* 그들 또한 그러하였다.

곱단이는 시골 아이답지 않게 살갗이 희고, 맑은 눈에 속눈썹이 길었다. 나는 그녀의 속눈썹이 얼마나 길었는지 표현할 말을 몰랐었는데 김용택의 시 중에서 마침내 가장 알맞은 말을 찾아냈다. 함박눈이 내려앉아서 쉴 만큼 길었다. 함박눈은 녹아 이슬방울이 되고 촉촉이 젖은 눈썹이 그녀의 검은 눈동자에 그늘을 드리우면, 목석의 애간장이라도 녹일 듯 애틋한 표정이 되곤 했다. 만득이는 총명하여 하나를 가르치면 열을 알았고,

---

계량하다(繼糧--) 한 해에 추수한 곡식으로 그 해의 양식을 이어 가다.
자작농(自作農) 자기 땅에 자기가 직접 짓는 농사. 또는 그런 농민이나 농가.
* 제집에서 귀히 여기는 자식은 ~ 덕담을 아끼지 않는 법이다 부모의 사랑을 받는 자식은 밖에 나와서도 주위 사람들의 관심과 사랑을 받는다는 뜻이다.
목석(木石) 나무나 돌처럼 아무런 감정도 없는 사람을 비유적으로 이르는 말.

생긴 것 또한 관옥 같았다. 촌구석에서는 드문 인물들이었다. 만득이가 개천에서 난 용이라면 곱단이는 진흙탕에 핀 연꽃이었다. 누가 먼저랄 것도 없이 둘이 장차 신랑 각시가 되면 얼마나 어여쁜 한 쌍이 될까 하는 소리가 저절로 나왔다. 이구동성으로 두 사람의 천생연분을 점친 것이다. 양가의 처지 또한 서로 기울지도 넘치지도 않았고, 어른들은 소박하고 정직하여 남들이 사윗감 며느릿감으로 점찍어 준 아이들을 어려서부터 눈여겨보며 아름답고 늠름하게 자라는 걸 서로 기특해하며 귀여워하였다. 곱단이와 만득이는 우리 마을의 화초요 꿈이었다. 그러나 한두 번이라도 중매를 서 본 사람은 알 것이다. 남 보기에 하늘이 정해 준 배필처럼 어울리는 한 쌍이 있어 그들을 맺어 주는 것에 거의 소명 의식 같은 걸 느끼고 중매에 나서지만 본인은 의외로 냉담한 경우가 많다는 것을. 남자와 여자가 서로 연정을 느끼는 건 신의 장난질처럼 인간의 계획 밖의 일이다. 남이 나서서 잘되기를 꾀하거나 도와주려고 하면 되레 어깃장을 놓는 속성까지 있는 것 같다.

  그러나 만득이와 곱단이는 마을 사람들의 꿈을 배반하지 않았다. 곱단이가 만득이만 보면 유난히 부끄럼을 타기 시작한 게 그 증거였다. 곱단이가 만득이 때문에 방구리를 깨뜨린 일은 두

관옥(冠玉) 남자의 아름다운 얼굴을 비유적으로 이르는 말.
소명 의식(召命意識) 어떤 일이나 임무를 꼭 수행해야 한다는 생각이나 인식.
방구리 주로 물을 긷거나 술을 담는 데 쓰는 질그릇. 모양이 동이와 비슷하나 좀 작다.

고두고 동네 사람들의 입초시에 오르내렸다. 윗말 아랫말 합쳐야 이십여 호밖에 안 되는 작은 마을이라 우물이 하나밖에 없었다. 물 긷는 일은 전적으로 아낙네들 몫이었고, 물동이를 이고도 동이를 손으로 잡는 법 없이 두 손을 자유롭게 놀리며, 고개도 이리저리 돌려 볼 것 다 보고 다닐 수 있어야 비로소 살림에 관록이 붙은 주부였다. 계집애들은 엄마들의 그런 솜씨에 찬탄의 눈길을 보내는 한편, 언젠가는 자기들도 그런 최고의 경지에 도달하지 않으면 안 된다는 압박감을 가졌음 직하다. 계집애들은 어려서부터 물동이를 이고 싶어 했다. 아이들도 능히 일 수 있는 작은 물동이를 방구리라고 했다. 방구리는 실용보다는 딸애들의 놀이 기구에 가까워서 깨뜨리기도 잘했다. 계집애를 얕볼 때, 쬐그만 계집애란 말 대신 방구리만 한 계집애로 통하는 게 우리 마을이었다.

곱단이는 귀한 딸이고 올케가 둘씩이나 있어서 물동이 같은 거 안 이어도 됐건만 자기 몫의 방구리는 가지고 있었고, 동무들이 하는 건 다 해 보고 싶은 나이였다. 그러나 머리에 인 방구리 손잡이를 양손으로 움켜잡지 않고는 한 발자국도 못 떼는 초보였다. 그렇게 방구리로 물을 길어 가는데 저만치서 만득이가 오는 게 보였다. 만득이는 방구리를 들어 주려고 급히 달려오고

입초시 '입길'의 사투리. 이러쿵저러쿵 남의 흉을 보는 사람들의 입놀림.
관록(貫祿) 어떤 일을 오래 겪으면서 쌓여 갖추어진 권위나 위엄.
올케 여자가 자신의 오빠나 남동생의 아내를 가리키거나 부르는 말.

그걸 본 곱단이는 에구머니나, 흘러내린 치맛말기를 치켜올리려고 급히 방구리 손잡이를 놓아 버린 것이다. 방구리가 깨진 건 말할 것도 없다. 곱단이가 열너덧 살 가슴이 살구씨만큼 부풀어 올랐을 무렵이었다. 저고리를 짧게 입고 치맛말기로 가슴을 동일 때라 임질을 할 때면 겨드랑과 가슴이 드러나게 돼 있었다. 그 무렵의 우리 고장의 풍습으로는 젊은 여자들도 거기에 대한 수치감이 별로 없었다. 임을 이고 가는 엄마 뒤에 업힌 아이가 겨드랑 밑으로 엄마의 앞가슴을 더듬거나 끌어당겨 빨기까지 하는 모습도 흔히 볼 수 있었다. 가슴에 대한 수치심도 일종의 문화 현상이 아닐까. 그 시절엔 엄마의 가슴은 아이들의 밥그릇 정도로 여겼던 반면 배꼽을 드러내는 건 수치스럽게 여겼다. 처녀는 좀 달랐겠지만 그런 풍토에서 방구리를 깨뜨리면서까지 가슴을 가리고 싶어 했던 것은 예사로운 일이 아니었다.

우리 마을에서 만득이가 제일 먼저 읍내 중학교로 진학하자 곱단이는 아버지를 졸라 십 리 밖에 새로 생긴 소학교 분교에 입학했다. 방구리 사건이 있고 나서였다. 분교를 간이 학교라고 불렀고, 입학하는 데는 연령 제한 같은 것도 없었다. 남학생 중

치맛말기 치마허리. 치마의 맨 위 허리에 둘러서 댄 부분.
임질 물건을 머리 위에 이는 일.
임 머리 위에 인 물건. 또는 머리에 일 만한 정도의 짐.
✤ 그런 풍토에서 방구리를 ~ 예사로운 일이 아니었다 당시는 임질을 할 때 가슴이나 겨드랑이가 드러나는 일이 예사였고, 이에 대한 수치심이 별로 없던 시절이었다. 따라서 곱단이가 만득이를 보고 방구리를 깨뜨리면서까지 가슴을 가리려고 한 것은 곱단이가 만득이에게 특별한 감정을 품고 있었음을 상징적으로 보여 준다.

에는 아이 아범도 있을 정도였다. 중학교도 마찬가지였나 보다. 만득이도 소학교만 나오고 나서 몇 년 집에서 농사를 거들다가 서울로 시집간 큰누나가 신식 교육의 필요성을 역설해서 상급 학교에 가게 됐으니 늦공부인 셈이었다.

간이 학교는 우리 마을에서 읍으로 가는 도중에 있는 긴내골이라는 오십여 호가 넘는, 인근에서는 가장 큰 마을에 있었다. 고개를 두 번 넘고 시냇물을 한 번 건너야 했다. 만득이와 곱단이가 등하굣길을 자연스럽게 같이했을 것은 말할 것도 없다. 겉으로 보기에 두 사람이 유별나 보이지는 않았다. 늘 곱단이가 한참 뒤져서 걷고 만득이는 휘적휘적 앞서 가다가 기다려 주곤 했다. 부부가 같이 외출을 해도 나란히 걷지를 못하고 아내가 한참 뒤에서 걷는 걸 예절처럼 알던 시대였다. 곱단이보다 갈 길이 곱절이 되는 만득이가 갑갑한 곱단이의 걸음걸이를 참지 못하고 휑하니 먼저 가 버릴 적도 있었.

들을 적시는 개울물이 도처에 그물망처럼 퍼져 있는, 물이 흔한 고장이었지만 다리를 통해 건너야 하는 긴내골의 시냇물은 유난히 아름다웠다. 물은 깊지 않았지만 골이 깊어서 길에서 수면까지 비스듬히 가파른 둔덕에는 잗다란 들꽃들이 봄 여름 가

역설하다(力說--) 자기 뜻을 힘주어 말하다.
인근(隣近) 이웃한 가까운 곳.
도처(到處) 이르는 곳. 여러 곳.
둔덕 가운데가 솟아서 불룩하게 언덕이 진 곳.
잗다랗다 어지간히 가늘거나 작다.

을 내 쉼 없이 피었다 지곤 했고, 흰 자갈과 잔모래와 꽃 그림자 사이를 무리 지어 유영하는 물고기들과 장난치듯 부서지는 잔물결은 수정처럼 투명했다. 그 시냇물에는 흙다리가 놓여 있었다. 양쪽 둔덕을 두 개의 기둥목으로 가로질러 놓고, 그 사이를 새끼줄이나 칡넝쿨 같은 것으로 엮고는 진흙으로 빤빤하게 싸바른 흙다리는 마치 오솔길의 연속처럼 편안했다. 그러나 비가 많이 오거나 봄의 해토 무렵엔 흙다리 곳곳에 구멍이 뚫리기도 하고 미끌거리기도 했다. 그런 불편은 잠깐, 곧 누군가의 손길로 감쪽같이 보수가 되곤 했지만 문제는 장마 중이거나 미처 보수를 하기 전이었다. 특히 계집애들은 구멍 난 흙다리를 건너기를 무서워했다. 차라리 둔덕을 내려가 신발 벗고 첨벙첨벙 강물로 들어가는 게 안심스러웠다. 물이 불어 봤댔자 허리 정도밖에 안 찼지만 그럴 때는 앞서서 작대기로 물의 깊이를 알려 주고 계집애들을 인도하는 게 남학생들의 중요한 사내 구실이었다. 그러나 만득이는 곱단이가 사내 녀석들하고 치마를 배꼽 위까지 걷어 올리고 속바지를 적셔 가며 물을 건너는 걸 참을 수 없어했다. 등굣길은 물론 하굣길까지 어떻게든 시간을 맞춰 지키고 있다가 구멍 뚫린 흙다리 위로 건너게 해 주었다. 흙다리를

유영하다(游泳--) 물속에서 헤엄치며 놀다.
빤빤하다 구김살이나 울퉁불퉁한 데가 없이 고르고 반듯하다.
싸바르다 차지게 이긴 흙 따위를 다른 물체의 표면에 고르게 덧붙여 바르다.
해토(解土) 땅풀림. 얼었던 땅이 녹음.

건너면서 곱단이가 얼마나 무섬을 타고, 앙탈을 하고, 그러면 만득이는 그걸 다 받아 주며 다독거리느라 길지도 않은 흙다리 위에서 둘이 몇 번씩이나 서로 얼싸안는다는 소문이 자자하게 퍼지곤 했다. 그러나 구닥다리 노인들도 그런 소문을 망신스러워하지 않고 귀엽게 여겼다. 둘은 어차피 혼인할 테고 둘이 서로 좋아하는 것은 아름다운 한 쌍의 새가 부리를 비비는 것처럼 예쁘게만 보였다. 흙다리가 아니라 연애다리라는 소리도 악의라곤 없었다.

중학교 상급반으로 오르면서 만득이는 문학에 눈을 뜨게 된 것 같다. 한동안 그는 『오뇌(懊惱)의 무도(舞蹈)』라는 시집을 책가방에 넣지 않고 옆구리에 끼고 다닌 적이 있는데 그게 그렇게 멋있어 보일 수가 없었다. 학교 문턱에도 못 가 본 이도 남자들은 한문을 다 읽을 줄 알았다. 서당이 마을 사내애들의 의무 교육 기관처럼 돼 있었다. '오뇌의 무도'라고 붙여서 읽을 수는 있어도 그게 무슨 뜻인지 확 오는 게 아니었다. 글자는 한자건만 그 낱말이 불러일으키는 이미지는 이국적이고 하이칼라한 것이었다. 어디서 흘러들어 온 말인지 하이칼라란 말이 우리 마

앙탈 말을 듣지 않고 생떼를 쓰며 고집을 부림.
자자하다(藉藉--) 여러 사람의 입에 오르내려 떠들썩하다.
구닥다리(舊---) 낡고 오래되어 시대에 뒤떨어진 사람, 사물, 생각 따위를 낮잡아 이르는 말.
오뇌(懊惱)의 무도(舞蹈) 김억의 번역 시집. 베를렌, 구르몽, 사맹, 예이츠, 보들레르 등 프랑스 상징파의 시 77편을 수록한 우리나라 최초의 근대적 시집이다. 1921년에 간행되었다.
하이칼라(high collar) 예전에, 서양식 유행을 따르던 멋쟁이를 이르던 말.

을 젊은이들 사이에서 한창 유행할 때였다. 어딘지 이국적이고 약간 겉멋 들어 보이는 건 뭐든지 하이칼라라고 했다.

마을 젊은이들 사이에 춘원 바람˚을 일으킨 것도 만득이였다. 『흙』, 『단종애사』, 『무정』 같은 춘원의 책이 젊은이들 사이를 돌며 나달나달해질˚ 때까지 읽혔다. 책은 나달나달해졌지만 거기한번 맛 들인 청년들의 눈빛은 별처럼 빛났다. 그러나 곧 춘원이 창씨개명˚에 앞장서고 청년들을 전쟁터로 내모는 연설을 했다는 말을 퍼뜨려 청년들을 실의에 빠뜨리고, 헷갈리게 만든 것도 만득이였다. 그가 마을 청년들의 정신의 맥을 쥐었다 폈다 한다고 해도 과언이 아니었다. 2차 세계 대전이 말기에 접어들면서 마을의 형편도 날로 어려워지고 있었지만, 젊은이들의 정신의 기갈˚은 그보다 더 심각하였기 때문에 먹혀들기도 그만큼 쉬웠다. 만득이가 퍼뜨린 책 때문에 마음이 통하게 된 젊은이들이 모여서 문학 얘기도 하고 세상 돌아가는 일에 울분˚을 토로하기도˚ 하는 모임이 자연히 형성됐는데, 거기서도 중심인물은 물론 만득이였다. 그러나 고작 만학˚의 중학생이었다. 식민지 청년

˚ 춘원 바람 '춘원'은 소설가 이광수의 호로, '춘원 바람'은 만득이가 동네 청년들에게 이광수의 작품을 소개하고 많이 읽도록 하는 역할을 했음을 의미한다.
나달나달해지다 (종이나 헝겊이) 여러 가닥으로 조금 어지럽게 늘어져 자꾸 흔들리다.
창씨개명(創氏改名) '일본식 성명 강요'의 이전 용어. 일제가 강제로 우리나라 사람의 성과 이름을 일본식으로 고치게 한 일.
기갈(飢渴) 배고픔과 목마름을 아울러 이르는 말. 여기에서는 정신적인 의미로 쓰임.
울분(鬱憤) 답답하고 분함. 또는 그런 마음.
토로하다(吐露--) 마음에 있는 것을 죄다 드러내서 말하다.
만학(晩學) 나이가 들어 뒤늦게 공부함.

의 의식 있는 모임이라기보다는 만득이의 지적 허영심을 충족시키는 장이었다. 그는 가끔 자기가 쓴 시를 비장한 어조로 읽어 주곤 했는데 그중 곱단이가 눈물이 글썽할 정도로 좋아한 시가 나중에 알고 보니 임화의 시 뒷부분이었다.

　오늘도 연기는
　구름보다 높고,
　누구이고 청년이 몇,
　너무나 좁은 하늘을
　넓은 희망의 눈동자 속 깊이
　호수처럼 담으리라.
　벌리는 팔이 아무리 좁아도,
　오오! 하늘보다 너른 나의 바다.

　이런 시였는데 팔을 벌리고 오오! 하늘보다 너른 나의 바다, 할 때는 어찌나 격정적으로 목메어 부르는지 곱단이는 그때마다 만득이를 더 넓은 세상으로 내놓아야 할 것 같아 가슴이 떨린다고 했다.
　곱단이는 나에게 가끔 만득이가 보낸 편지를 보여 줄 적이 있

임화(林和) 시인·평론가(1908~1953). 본명은 인식(仁植). 일제 강점기 때 카프(KAPF : 조선 프롤레타리아 예술가 동맹) 활동을 주도하였고 1947년에 월북하였다.

었다. 누가 보여 달랜 것도 아닌데 보여 주는 게 계면쩍었던지 혼자 보기 아까워서……라는 말을 덧붙이곤 하였다. 연애편지를 혼자 보기 아까워한다는 건 실상 말이 안 되는 소리다. 그건 보여 줘도 무관한 담백한 편지라는 뜻도 되지만, 곱단이 보기에 그럴듯한 문학적 표현을 자랑하고 싶어서이기도 했을 것이다. 그중 아직도 생각나는 것은 곱단이네 울타리 밑의 꽈리나무를 '꼬마 파수꾼들이 초롱불을 빨갛게 켜 들고 서 있는 것 같다'고 표현한 거였다. 당시 우리 동네 집들은 거의 다 개나리로 뒤란 울타리를 치고 살았다. 그리고 뉘 집이나 울타리 밑에서 꽈리가 자생했다. 봄에서 여름에 걸쳐서는 거기에 꽈리나무가 있다는 것도 모를 정도로 전혀 눈에 안 띄는 잡초나 다름없었다. 꽈리가 거기 있다는 걸 알게 되는 건 풀숲이 누렇게 생기를 잃고 난 후였다. 익은 꽈리는 단풍보다 고왔고, 아닌 게 아니라 초롱처럼 앙증맞았다. 그러나 그맘때면 붉게 물든 감잎도 더 고운 감한테 자리를 내주고, 들에서는 고추가 다홍빛으로 물들 때였다. 꽈리란 심심한 계집애들이 더러 입 안에서 뽀드득대는 것 외엔 아무짝에도 쓸모없는 하찮은 잡초에 불과했다. 우리 집 울타리

계면쩍다 '겸연쩍다'의 변한말. 쑥스럽거나 미안하여 어색하다.
꽈리 가짓과의 여러해살이풀. 여름에 노르스름한 꽃이 잎겨드랑이에 하나씩 피고 둥근 모양의 붉은 열매를 맺는다. 마을 근처에 심어 가꾼다.
뒤란 집 뒤 울타리의 안.
자생하다(自生--) 저절로 나서 자라다.
앙증맞다 작으면서도 갖출 것은 다 갖추어 아주 깜찍하다.

밑에도 꽈리가 지천으로 자라고 있었다. 그렇게 흔해 빠진 꽈리 중 곱단이네 꽈리만이 초롱에 불 켜 든 꼬마 파수꾼이 된 것이다. 만득이는 어쩌면 그리움에 겨워 곱단이네 울타리 밑으로 개구멍을 내려다 말고 발갛게 초롱불을 켜 든 꼬마 파수꾼 때문에 이성을 찾은 거나 아닐까. 그렇지 않고서야 그 흔해 빠진 꽈리 중에서 곱단이네 꽈리만을 그렇게 특별한 꽈리로 만들 수는 없는 일이었다.

우리 마을엔 꽈리뿐 아니라 살구나무도 흔했다. 살구나무가 없는 집이 없었다. 여북해야 마을 이름도 행촌리(杏村里)였겠는가. 봄에 살구나무는 개나리와 함께 온 동네를 꽃 대궐처럼 화려하게 꾸며 주었지만, 열매는 시금털털한 개살구였다. 약에 쓰려고 약간의 씨를 갈무리하는 집이 있긴 해도 열매는 아이들도 잘 안 먹어서 떨어진 자리에서 썩어 갔다. 아름다운 마을이었다. 살구꽃이 흐드러지게 필 무렵엔 자운영과 오랑캐꽃이 들판과 둔덕을 뒤덮었다. 자운영은 고루 질펀하게 피고, 오랑캐꽃은

지천(至賤) 매우 흔함.
✽ 그렇게 흔해 빠진 꽈리 중 ~ 꼬마 파수꾼이 된 것이다 가을날 빨갛게 익은 꽈리는 동네 집집마다 울타리를 이룰 정도로 흔했다. 그렇지만 만득이 눈에 곱단이네 꽈리가 그녀의 집을 지켜 주는 꼬마 파수꾼으로 보일 정도로 특별하다는 것은 만득이가 그만큼 곱단이를 아끼고 사랑한다는 뜻이다.
개구멍 울타리나 담장 밑으로 남몰래 드나들 수 있도록 허술하게 낸 구멍이나 통로.
여북하다 (주로 '여북하면', '여북해야'의 꼴로 반어 의문문에 쓰여) 사람이 어떤 극한적 상황에서 그럴 수밖에 없을 것이다. 여기에서는 '정도가 심하거나 대단하다.'는 의미로 쓰였다.
갈무리하다 물건 따위를 잘 정리하거나 간수하다.
질펀하다 물건 따위가 즐비하게 널려 있다.

소복소복 무리를 지어 가며 다문다문 피었다. 살구가 흙에 스며 거름이 될 무렵엔 분분히 지는 찔레꽃이 외진 길을 달밤처럼 숨 가쁘고 그윽하게 만들었다.

〈그 여자네 집〉을 읽으면서 돌이켜 보니 행촌리의 그 흔한 살구나무 중에서도 곱단이네 살구나무는 특별났던 것 같다. 다 같은 초가집 중에서도 만득이에겐 곱단이네 지붕이 유난히 샛노랬던 것처럼, 그 흔해 빠진 꽈리나무 중에서 곱단이네 꽈리나무만이 특별났던 것처럼. 곱단이네는 행촌리 윗말 첫 집이었다. 뒷동산에서 흘러내린 개울물이 곱단이네를 휘돌아 아랫말로 흐르면서 만득이네 문전옥답 논배미를 지나게 돼 있었다. 곱단이네 살구나무는 곱단이 아버지가 딸과 딸의 동무들을 위해 튼튼한 그네를 매 줄 정도로 큰 나무였다. 만득이는 아마 개울물이 하얗게 하얗게 실어나르는 살구꽃을 연서처럼 울렁거리며 바라보았을 것이다.

1945년 봄에도 행촌리에 살구꽃 피고, 꽈리꽃, 오랑캐꽃, 자운영이 피었을까. 그럴 리 없건만 괜히 안 피고 말았을 것 같다. 그 꽃들이 피어나기 전에 만득이와 곱단이의 연애도 끝나고 말

다문다문 공간적으로 비좁거나 촘촘하지 않고 사이가 좀 드문 모양.
분분히(紛紛-) 여럿이 한데 뒤섞여 어수선하게.
외지다 외따로 떨어져 있어 으슥하고 후미지다.
문전옥답(門前沃畓) 집 가까이에 있는 기름진 논.
논배미 논두렁으로 둘러싸여 다른 논과 구분되는 논의 하나하나의 구역.
연서(戀書) 연애편지. 연애하는 두 사람 사이에 주고받는 애정의 편지.

앉을까. 만학이었던 만득이는 읍내의 사 년제 중학교를 졸업하자마자 징병으로 끌려 나갔다. 며칠 간의 여유는 있었고, 양가에서는 그 사이에 혼사를 치르려고 했다. 연애 못 걸어 본 총각도 씨라도 남기려고 서둘러 혼처를 구해 혼사를 치르는 일이 흔할 때였다. 더군다나 만득이는 외아들이었고, 사주단자는 건네지 않았어도 서로 연애 건다는 걸 온 동네가 다 아는 각싯감이 있었다. 그러나 그는 한사코 혼사 치르기를 거부했다. 그건 그의 사랑법이었을 것이다. 남들이 다 안 알아줘도 곱단이한테만은 그의 사랑법을 이해시키려고, 잔설이 아직 남아 있는 이른 봄의 으스름 달밤을 새벽닭이 울 때까지 곱단이를 끌고 다녔다고 한다. 곱단이가 그의 제안에 마음으로부터 승복했는지 아닌지는 알 길이 없다. 그러나 끌고 다니지를 않고 어디 방앗간 같은 데서 밤을 지냈다고 해도 만득이의 손길이 곱단이의 젖가슴도 범하질 못하였으리라는 걸 곱단이의 부모도, 마을 사람들도

징병(徵兵) 국가가 법률에 의하여 병역 의무자를 강제로 모아서 일정 기간 동안 군대에 복무시키는 일.
씨 사람의 혈통이나 근원을 낮잡아 이르는 말. 여기에서는 '자식'의 의미로 쓰임.
혼처(婚處) 혼인할 자리. 또는 혼인하기에 알맞은 자리.
사주단자(四柱單子) 혼인이 정해진 뒤 신랑 집에서 신부 집으로 신랑의 사주를 적어서 보내는 종이.
  사주(四柱) 사람이 태어난 연월일시의 네 간지(干支).
✤ 그건 그의 사랑법이었을 것이다 일제 강점기에 징병에 끌려가는 것은 전쟁터에서 죽을지도 모른다는 것을 의미했다. 그러므로 만득이가 곱단이와 혼사 치르기를 거부한 것은 그녀를 과부로 만들지 않으려는 배려에서 나온 것임을 알 수 있다.
잔설(殘雪) 다 녹지 않고 남은 눈.
으스름 빛 따위가 침침하고 흐릿한 상태.
승복하다(承服--) 납득하여 따르다.

믿었다. 그런 시대였다. 순결한 시대였는지, 바보 같은 시대였는지는 모르지만 그때 우리가 존중한 법도라는 건 그런 거였다.*

만득이네 대문에 일본 깃대와 출정˙군인의 집이라는 깃발이 만장처럼 처량히 휘날리고, 그 집 사랑에서 며칠씩 술판이 벌어져도 밀주˙단속에도 안 걸리고……. 그렇게 그까짓 열흘 눈 깜박할 새 지나가 만득이는 마침내 입영˙을 하게 됐다. 만득이가 꼭 살아 돌아올 테니 기다리라고 곱단이를 설득하기는 어렵지 않았을 것이다. 곱단이가 딴 데 시집갈 아이도 아니거니와 식구들 역시 딴 데 시집보낼 엄두라도 낼 사람들이 아니었으므로. 설득에 그렇게 오랜 시간이 걸린 것은, 그럴 것이면 왜 혼사를 치르고 나서 떠나면 안 되냐는 곱단이의 지당한˙생각 때문이었을 것이다. 곱단이는 이름처럼 마음씨도 비단결 같은 처녀였지만 옳다고 생각하는 걸 굽힐 만큼 호락호락하진 않았으니까. 사위스러워서˙아무도 입에 올리진 않았지만 마을 사람들은 만득이가 사지(死地)로 가고 있다는 걸 알기 때문에 곱단이를 과부

✣ 그런 시대였다. 순결한 시대였는지, ~ 법도라는 건 그런 거였다 사랑하는 사람을 차지하겠다는 소유욕이 강한 현대 세태에 비해, 당시 사람들은 사랑하는 사람을 지켜 주겠다는 순박하고 순수한 마음을 간직하고 있었다는 뜻이다.
출정(出征) 군에 입대하여 싸움터에 나감.
만장(輓章/挽章) 죽은 이를 슬퍼하여 지은 글. 또는 그 글을 비단이나 종이에 적어 기(旗)처럼 만든 것. 주검을 산소로 옮길 때에 상여 뒤에 들고 따라간다.
밀주(密酒) 허가 없이 몰래 술을 담금. 또는 그 술.
입영(入營) 입대(入隊). 군대에 들어가 군인이 됨.
지당하다(至當--) 이치에 맞고 지극히 당연하다.
사위스럽다 마음에 불길한 느낌이 들고 꺼림칙하다.
사지(死地) 죽을 위험이 큰, 매우 위태한 곳.

안 만들려는 그의 깊은 마음을 내심 여간 대견히 여기는 게 아니었다. 만득이와 곱단이는 요샛말로 하면 마을의 마스코트라고나 할까. 둘 다 행복해지지 않으면 재앙이라도 내릴 것처럼 지켜 주고 싶어 했고, 만득이의 처사는 그런 소박한 인심에도 거슬리지 않는 최선의 것이었다.

만득이가 떠난 후에도 마을 청년들은 앞서거니 뒤서거니 징병이나 징용으로 끌려가 마을에 남자라고는 중늙은이 이상만 남게 되었다. 곱단이 오빠들도 도시로 나가 공장에 취직한 셋째 오빠와 부모님을 모시는 큰오빠 빼고 두 오빠가 징용으로 나가 아들 부잣집이 허룩해졌다. 장정만 데려가는 게 아니라 양식 공출도 극악해져 그 풍요하던 마을도 앞으로 넘길 보릿고개 걱정이 태산 같았다. 궂은날 부침질만 해도 서로 나누느라 한 채반은 부쳐야 했던 인심도 스스로 금 가기 시작할 무렵이었다. 아주 나쁜 소식이 염병보다 더 흉흉하고 걷잡을 수 없이 온 동네를 휩쓸었다. 전에도 여자 정신대에 대해서 아주 모르고 있

징용(徵用) 강제 징용(強制徵用). 일제 강점기에, 일본 제국주의자들이 조선 사람을 강제로 동원하여 부리던 일.
허룩하다 줄거나 없어져 적다.
공출(供出) 국민이 국가의 수요에 따라 곡식이나 기물을 의무적으로 정부에 내어놓음. 여기에서는 특히 일제가 전쟁 물자를 확보하기 위하여 1939년부터 실시한 농산물 수탈 정책을 이른다.
보릿고개 햇보리가 나올 때까지의 넘기 힘든 고개라는 뜻으로, 묵은 곡식은 거의 떨어지고 보리는 아직 여물지 않아 농촌의 식량 사정이 가장 어려운 때를 비유적으로 이르는 말.
채반(-盤) 껍질을 벗긴 싸릿개비나 버들가지 따위를 둥글넓적하게 엮어 만든 그릇.
염병(染病) 1. '장티푸스'를 속되게 이르는 말. 2. 전염성을 가진 병들을 통틀어 이르는 말.
정신대(挺身隊) 태평양 전쟁 때 일제가 식민지 여성들을 강제로 동원하여 만든 무리. '종군 위안부'와 '근로 정신대'를 통틀어 이르는 말이다.

었던 것은 아니다. 일본 본토나 남양 군도에 가서 일하고 싶은 처녀들은 지원하면 보내 주고 나중에 집에 송금도 할 수 있다는 면사무소의 공문이 한바탕 돈 후였지만 그럴 생각이 있는 집은 한 집도 없었고, 설마 돈벌이를 강제로 보내리라고는 아무도 짐작을 못 했다. 그러나 들려오는 소문은 그게 아니어서 몇 사람씩 배당을 받은 면사무소 노무과 서기들과 순사들이 과년한 딸 가진 집을 위협도 하고 다짜고짜 끌어가는 일까지 있다고 했다. 설마설마하는 사이에 더 나쁜 일이 생겼다. 그건 같은 면 내에서 생긴 일이기 때문에 소문이 아니라 실제 상황이었다. 동구 밖에서 감춰 놓은 곡식을 뒤지려고 나타난 면 서기와 순사를 보고 정신대를 뽑으러 오는 줄 지레짐작을 한 부모가 딸애를 헛간 짚 더미 속에 숨겼다고 했다. 공출 독려반들은 날카로운 창이 달린 장대로 곡식을 숨겨 두었음 직한 곳이면 닥치는 대로 찔러 보는 게 상례였다. 헛간에 짚가리로 창을 들이대는 것과 그 부모네들이 안 된다고 비명을 지른 것은 거의 동시였다. 창 끝에 처녀의 살점이 묻어 나왔다고도 하고, 꿰진 창자가 묻어 나왔다

남양 군도(南洋群島) 태평양 적도 부근에 흩어져 있는 섬의 무리. 마리아나, 마셜, 캐롤라인, 팔라우 따위의 여러 군도로 나뉜다.
공문(公文) 공공 기관이나 단체에서 공식으로 작성한 서류.
배당(配當) 일정한 기준에 따라 나누어 줌.
노무과(勞務課) 노동에 관련된 사무를 맡아보는 부서.
과년하다(過年--) 주로 여자의 나이가 보통 혼인할 시기를 지난 상태에 있다.
독려(督勵) 감독하며 격려함.
상례(常例) 보통 있는 일.
짚가리 짚단을 쌓아 올린 더미.

고도 하고, 처녀는 그 자리에서 죽었다고도 하고, 피를 많이 흘리면서 달구지로 읍내 병원으로 실려 갔는데 죽었는지 살았는지 모른다고도 했다. 아무튼 그 소문의 파문은 온 면내의 딸 가진 집을 주야로 가위눌리게 했다. 끔찍한 일이었다.

　도시에서 군수 공장에 다니는 곱단이 오빠가 종아리에 각반을 차고 징 달린 구두를 신은 중년 남자를 데리고 내려왔다. 신의주에 있는 중요한 공사판에서 측량 기사로 있는, 한 번 장가 갔던 남자라고 했다. 곱단이 부모로부터 그 흉흉한 소문을 듣고 급하게 구해 온 곱단이 신랑감이었다. 첫 장가 든 부인이 십 년이 가깝도록 아이를 못 낳아 내치고, 새장가를 든다는 그는 곱단이의 그 고운 얼굴보다는 별로 크지 않은 엉덩이만 유심히 보면서, 글쎄, 아이를 잘 낳을 수 있을까? 연방 고개를 갸우뚱, 그닥 탐탁지 않아했다고 한다. 그러나 워낙 총각이 씨가 마른 시대였다. 게다가 지금 그 늙은 신랑감이 하고 있는 일은 군사적인 중요한 일이라 징용은 절로 면제된다고 한다. 곱단이네는 그 고운 딸을 번갯불에 콩 궈 먹듯이 그 재취 자리로 보내 버렸다.

가위눌리다　자다가 무서운 꿈에 질려 몸이 마음대로 움직이지 못하고 답답함을 느끼다.
군수 공장(軍需工場)　군대 유지와 전쟁 수행에 필요한 물품을 생산하고 수리하는 공장.
각반(脚絆)　걸을 때 가뜬하도록 발목에서 무릎 아래까지 매는 헝겊 띠.
내치다　내쫓거나 물리치다.
탐탁하다　모양이나 태도, 또는 어떤 일 따위가 마음에 들어 만족스럽다.
재취(再娶)　아내를 여의었거나 아내와 이혼한 사람이 다시 결혼하여 맞이한 두 번째 아내.
✤ 곱단이네는 그 고운 ~ 재취 자리로 보내 버렸다　시절이 어수선하고 사태가 급박하게 돌아가 언제 곱단이가 정신대에 끌려갈지 모르기 때문에 아주 빠르게 혼사를 치렀다는 뜻이다.

곱단이가 어떤 심정으로 그 혼사에 응했는지는 알 길이 없다. 피를 보면 멀쩡한 사람도 정신이 회까닥해진다고˙ 하지 않는가. 피 묻은 소문도 마찬가지였다. 곱단이네 식구뿐 아니라 마을 사람들도 이성을 잃고 말았다. 만득이와 곱단이의 연애를 어여삐 여기고, 스스로 증인이 된 마을 어른들도 이제 곱단이를 위해 할 수 있는 일은 일본군한테 내주지 않는 일뿐이었다. 더군다나 곱단이 어머니는 피가 무서워 닭 모가지 하나 못 비트는 착하디 착한 위인이었다. 그 피 묻은 소문에 살이 떨려 우두망찰했을˙ 것이다. 곱단이는 만득이와의 언약을 저버리고 딴 데로 시집을 가느니 차라리 죽고 싶었을 것이다. 그러나 그녀도 스스로 제 목숨을 끊을 만큼 모질지는 못했다. 죽은 것과 마찬가지로 넋을 놓아 버리는 게 고작이었을 것이다. 곱단이네서 혼사를 치르고 사흘 만에 신랑을 따라 집을 떠나는 곱단이는 사자(死者)˙를 분단장해 놓은 것처럼 섬뜩하니 표정이라곤 없었다.

　멀고 먼 신의주로 시집가 첫 근친˙도 오기 전에 해방이 되었다. 그녀는 열아홉에 떠난 지붕 노란 집에 다시 돌아오지 못했다. 우리 고장은 아슬아슬하게 삼팔선 이남이 되어 북조선의 신의주와는 길이 막히고 말았다. 만득이는 살아서 돌아왔다. 그

회까닥하다 (속되게) 갑자기 정신이 이상해지다.
우두망찰하다 정신이 얼떨떨하여 어찌할 바를 모르다.
사자(死者) 죽은 사람.
근친(覲親) 시집간 딸이 친정에 가서 부모를 뵘.

이듬해 봄 만득이는 같은 행촌리 처녀인 순애와 혼사를 치렀다. 순애는 투덕투덕 복 있게 생긴 처녀였지만 곱단이에겐 댈 것도 아니었다. 혼삿날 마을 풍속대로 신랑을 달았는데* 군대나 징용 갔다가 심성이 거칠 대로 거칠어져 돌아온 청년들이 어찌나 호되게 신랑 발바닥을 때렸던지 만득이가 엉엉 울었다고 한다. 만득이 또한 군대 가서 고초를 겪을 만큼 겪었는데 그까짓 장난삼아 치는 매를 못 견디어 울었을까? 울고 싶어, 실컷 울고 싶어 울었을 것 같다. 이렇게 만득이의 일거수일투족을 곱단이와 연관 지어 생각하고 싶은 게 아직도 두 사람의 어여쁜 사랑을 못 잊어하는 마을 사람들의 심정이었으니 그리로 시집간 순애의 마음도 편치는 않았을 것이다. 그러나 두 사람은 마을 사람들이 금실을 확인해 볼 겨를도 없이 곧 서울로 세간을 냈다.* 외아들이었지만 서울 누나가 동생의 일자리를 구해 놓고 데려갔다.

육이오 동란 후 삼팔선 대신 그어진 휴전선은 행촌리를 휴전선 이북 땅으로 만들어 놓았다. 그동안 서로 만나지는 못했어도 귀향길에 만득이가 순애하고 곧잘 산다는 소식 정도는 들을 수

✽ 신랑을 달았는데 '신랑달기'를 했다는 것으로, 이는 장가든 신랑이 신부 집에 머무르는 동안 신부의 이웃 젊은이들이 신랑을 거꾸로 매달아 놓고 발바닥을 때리며 노는 풍속을 말한다.
호되다 매우 심하다.
고초(苦楚) 고난(苦難). 괴로움과 어려움을 아울러 이르는 말.
일거수일투족(一擧手一投足) 손 한 번 들고 발 한 번 옮긴다는 뜻으로, 크고 작은 동작 하나하나를 이르는 말.
금실(琴瑟) 부부 사이의 두터운 정과 사랑.
✽ 세간을 냈다 '세간'은 '집안 살림에 쓰는 온갖 물건'으로, '세간을 내다'는 '함께 살던 사람이 따로 살림을 차리다'라는 의미이다.

있었는데 그나마 못 듣게 되었다. 6·25 때 죽지 않았으면 같은 서울 하늘 밑 어디메 살아 있겠거니, 문득문득 생각이 나던 것도 잠시 만득이는 내 기억 속에서 아주 사라져 버렸다. 서울살이라는 게 촌수 닿는 친척도 결혼 청첩장이나 부고나 받아야 마지못해 챙길 정도로, 이해관계가 닿지 않는 인간관계는 지딱지딱 잊게 돼 있었다.

만득이를 서울에서 다시 만난 지는 채 십 년도 안 된다. 지금은 돌아가셨지만 그때까지는 생존해 계시던 삼촌이 우리 고향 군민회에 가 보고 싶다고 해서서 모시고 간 자리에서였다. 실향민들이 마음을 달래려는 자리가 흔히 그렇듯이 노인네들 천지였다. 매년 열리는 군민회라지만 삼촌처럼 처음 간 분은 서로 알아보는 데도 한참 시간이 걸렸다. 알아보는 걸 도와주려는 주최 측의 배려로 면 단위로 나눠서 자리를 잡았고, 우리끼리 다시 리 단위로 무리를 만들었다. 행촌리는 나하고 삼촌하고 낯모르는 노부부 네 사람밖에 없었다. 그 이듬해 돌아가신 삼촌은 그때도 이미 여든 가까운 연세서서 고향의 흙냄새 대신 고향 사람 체취라도 맡고 싶은 마음에 느닷없이 군민회 나들이를 하고 싶어 한 것 같다. 죽을 날이 가까우면 안 하던 짓을 하게 되는 걸 자손들은 가벼운 망령 정도로 취급했다. 오죽해야 조카가 모

부고(訃告) 사람의 죽음을 알림. 또는 그런 글.
지딱지딱 서둘러서 일 따위를 하는 모양.
망령(妄靈) 늙거나 정신이 흐려서 말이나 행동이 정상을 벗어남. 또는 그런 상태.

시고 가게 됐을까. 행촌리 노신사도 삼촌을 알아보는 것 같지 않았다. 그냥 어른 대접으로 행촌리 살던 아무개라고 공손하게 인사를 했지만 나는 별로 귀담아듣지 않아 못 알아들었다. 나중에 그가 나에게 명함을 주며 인사를 청하지 않았으면 아마 끝까지 못 알아보았을 것이다. 무슨 전업사 대표 장만득으로 돼 있는 명함을 보고 나서야 뭔가 이상해서 다시 한 번 쳐다보니, 젊은 날의 그가 어디 숨어 있다가 고개를 내밀듯이 분명하게 떠올랐다. 몸집도 별로 불지 않고 얼굴도 잘 늙지 않은 동안이었다. 나하고 그는 그닥 친한 사이가 아니었다. 그는 곱단이 것이었으므로 당시의 우리 또래들은 다들 그를 소 닭 보듯* 하는 걸 예절로 알았다. 그건 장만득 씨도 마찬가지였을 것이다. 그는 워낙 마을에서 유명했지만, 유명 인사가 팬을 알아보란 법은 없다. 나는 그에게 하나도 안 변했다고 말하고 나서 쑥스럽게 웃었다. 한참 동안 못 알아본 주제에 그건 말도 안 되는 소리였기 때문이다.

순애를 떠올리는 건 더욱 불가능했다. 이 유복하고 금실 좋아 보이는 노부부 중 한쪽이 순애인지도 자신이 없었다. 오히려 순애 쪽에서 나에게 아는 척을 하며 하나도 안 변했다고 해 줘서 순애려니 했다. 나는 학교 다닌답시고 학교도 안 다니는 집에서

전업사(電業社) 여러 가지 전기 기구를 팔거나, 전기 가설(架設)에 관한 일을 해 주는 가게.
✭ 소 닭 보듯 서로 무심하게 보는 모양을 비유적으로 이르는 말이다.
유복하다(裕福--) 넉넉하고 복이 있다.

바느질이나 배우는 나보다 나이 많은 애들하고 동무한 적이 없었다. 만득이하고 순애는 보기 좋은 부부였다. 그냥 헤어지기는 섭섭하여 서로 전화번호를 교환했는데 뜻밖에도 순애가 자주 전화를 해서 점심도 같이하고 쇼핑도 같이하는 교분이 이어졌다. 그 여자는 장만득 씨가 아직도 곱단이를 못 잊고 있다는 얘기를 하소연했다.

아우님, 다들 나더러 팔자 좋다고 하지만 나 같은 빛 좋은 개살구도 없다우. 아우님이니까 얘기야. 딴 사람들한테 아무리 얘기해 봤댔자 나만 이상한 사람 되지 누가 내 속을 알겠수. 돈 잘 벌고 생전 외도라곤 모르고, 애들한테 잘하고, 나한테도 죄지은 것 없이 죽는 시늉도 하라면 하는 그런 남편이 어디 있냐고들 하지만, 아마 나처럼 지독한 시앗을 보고 사는 년도 없을 거유. 곱단이 년이 내 남편한테 찰싹 붙어 있다는 걸 번연히 알면서도 머리채를 잡을 수가 있나, 망신을 줄 수가 있나, 미칠 노릇이라우. 그래도 내가 아우님을 만났게 망정이지, 그렇지 않았으면 이 억울한 사정을 누구한테 말이라도 할 수가 있겠수. 그 영감

교분(交分) 서로 사귄 정.
✳ 아우님, 다들 나더러 ~ 빛 좋은 개살구도 없다우 '빛 좋은 개살구'는 '겉보기에는 먹음직스러운 빛깔을 띠고 있지만 맛은 없는 개살구라는 뜻으로, 겉만 그럴듯하고 실속이 없는 경우를 비유적으로 이르는 말'이다. 순애는 만득이가 아직도 곱단이를 잊지 못하고 있다고 생각하기 때문에 남편의 사랑을 받지 못하는 자기 처지를 비관해서 '빛 좋은 개살구'라고 말한 것이다.
외도(外道) 자신의 배우자가 아닌 상대와 성관계를 가지는 일.
시앗 남편의 첩.
번연히 '번히'의 본말. 어떤 일의 결과나 상태 따위가 훤하게 들여다보이듯이 분명하게.
망정 괜찮거나 잘된 일이라는 뜻을 나타내는 말.

지금도 글쎄 그년한테 연애편지를 쓴다니까요. 설마라고? 나도 처음엔 설마했지. 지도 쑥스러운지 시를 쓴다고 합디다. 내가 몰래 훔쳐봤더니 뭐 '그대 어깨에 살구꽃 내리네' 아니면 '살구꽃은 해마다 피는데, 우리 임은 왜 한 번 가고 다시 아니 오시나' 이따위가 연애편지지 그래 시란 말이유. 그뿐인 줄 알아요? 우리가 작년에 중국 여행을 갔을 적에도 얼마나 내 오장을 뒤집었다구요.※ 속 모르고 따라간 나도 배알● 빠진 년이지만. 백두산 구경하고 나서, 단동인가 어디서 배 타고 북한 땅 가까이까지가 보는 압록강 유람선 관광이라는 걸 했는데, 정말 저쪽 북한 땅 강가에 놀이 나온 아이들까지 보이게 배가 가까이 가니까 나도 마음이 좀 이상해집디다. 그냥 뱃놀이를 편하게 즐기는 건 다 중국 사람들이고, 표정이 심각하게 굳어지는 건 다들 남한 사람들이더라구요. 그 정도는 당연한 거지. 근데 우리 영감은 별안간 뱃전에다 고개를 떨구고 소리 내어 엉엉 울지를 않겠수. 머리가 허연 늙은이가 온몸을 들먹이면서. 분단의 슬픔이라구? 아이구, 그게 아니라 거기서 보이는 땅이 신의주였어요. 곱단이 년 사는 데가 닿을 듯 닿을 듯, 닿지는 않으니까 미치겠는 거지 뭐. 당장 강으로 밀어 처넣고 싶더라구요. 헤엄쳐서 어서 그년한테 가라구요. 그뿐인 줄 알아요. 여기서 돈 잘 벌고 사업 잘

※ 오장(五臟)을 뒤집었다구요 (남의) 비위를 건드려 기분 나쁘게 했다고요. 마음을 몹시 상하게 하여 견딜 수 없게 했다고요.
배알 1. '창자'를 비속하게 이르는 말. 2. 성마나 자존심을 비유적으로 이르는 말.

하다가 느닷없이 아이들은 여기서 키우고 싶지 않다면서 미국으로 이민을 가잔 적이 다 있었다니까요. 지나 내나 영어 한 마디 못 하는 주제에 이민을 가자는 속셈이 뭐였겠수? 뻔하지. 미국 시민권을 얻으면 북한을 마음대로 드나든다면서요. 내가 그 꼬임에 넘어갈 성싶어요. 가려면 혼자 가라구, 가서 그년 데려다 잘 살아 보라고 했더니 나를 정신병자 취급하면서 주저앉습디다. 아이들한테는 끔찍한 양반이니까요. 실상 그거 하나 믿고 여태껏 서러운 세상 견딘 거죠.

간추리면 대강 그런 얘기였다. 아닌 게 아니라 그런 얘기는 곱단이와 만득이가 연애 걸던 시절을 아는 사람 아니면 도저히 먹혀들 것 같지 않은 이야기였다. 그러나 그 여자 레퍼토리는 그 몇 가지의 에피소드에 국한돼 있었다. 아직도 만득이가 곱단이 생각만 한다는 증거를 더는 대지 못했고, 나도 비슷한 얘기를 하도 여러 번 반복해 들으니까 넌더리가 나면서 그 여자보다는 장만득 씨가 불쌍해질 무렵 그 여자의 부음을 듣게 됐다. 장만득 씨가 상처를 한 것이다. 고혈압으로 몇 년째 약을 복용하고 있었는데, 돌연 쓰러진 후 의식을 회복하지 못한 채 사흘 만

끔찍하다 1. 진저리가 날 정도로 참혹하다. 2. 정성이나 성의가 몹시 대단하고 극진하다. 여기에서는 2의 의미로 쓰임.
레퍼토리(repertory) 들려줄 수 있는 이야깃거리나 보여 줄 수 있는 장기.
국한되다(局限--) 범위가 일정한 부분에 한정되다.
❉ 넌더리가 나면서 지긋지긋하게 몹시 싫은 생각이 들면서.
부음(訃音) 사람이 죽었다는 것을 알리는 말이나 글.
상처(喪妻) 아내의 죽음을 당함.

에 숨을 거두었다고 했다. 문상을 가서 그 여자의 영정 사진을 보고 섬뜩했다. 이십 대 후반으로밖에 안 보이는 사진이었다. 요샌 영정 사진도 너무 늙은 건 보기 싫다고, 아주 늙기 전에 찍어 놓는다고는 하지만 칠순의 남편이 눈물을 떨구고 있는 앞에 이십 대의 사진은 너무했다 싶었다. 자식들이 문상객들의 그런 눈치를 채고, 어머니는 평소에도 나 죽거든 늙어 빠진 영정 쓰지 말라고 부탁하시더니, 돌아가신 후 보니까 손수 마련해 놓으신 영정 사진이 있더라고 했다. 나는 나도 모르게 그 여자의 젊었을 적과 곱단이의 젊었을 적을 머릿속으로 비교하고 있었다. 댈 것도 아니었다. 내 상상 속에서 곱단이는 더욱 요요해지고, 그 여자는 젊다는 것 외엔 흔한 얼굴 그대로였다. 그리고 그제야 그 여자가 불쌍해졌다. 아아, 저 여자는 일생 얼마나 지독한 연적(戀敵)과 더불어 산 것일까. 생전 늙지도, 금도 가지 않는 연적이란 얼마나 견디기 어려운 적이었을까.

문상(問喪) 조문(弔問). 남의 죽음에 대하여 슬퍼하는 뜻을 드러내어 상주(喪主)를 위문함. 또는 그 위문.
영정(影幀) 장례에서 쓰는 죽은 사람의 사진. 또는 제사 때 위패 대신 쓰는, 사람의 얼굴을 그린 족자.
섬뜩하다 갑자기 소름이 끼치도록 무섭고 끔찍하다.
✤ 이십 대 후반으로밖에 안 보이는 사진이었다 만득가 곱단이와 헤어진 게 스무 살 무렵이므로, 만득이와 순애가 기억하는 곱단이의 모습도 그 나이로 굳어져 있다. 순애는 만득이가 과거 곱단이의 고운 모습을 잊지 못하고 있다고 여겼으므로 '연적'인 곱단이에게 지지 않기 위해 이십 대 때의 사진을 자신의 영정 사진으로 준비해 둔 것으로 볼 수 있다.
대다 서로 견주어 비교하다.
요요하다(姚姚--) 아주 어여쁘고 아름답다.
연적(戀敵) 연애의 경쟁자. 또는 연애를 방해하는 사람.

그 여자가 죽고 나서 만득이를 따로 만날 일이 있을 리 없었다.

그를 우연히 만난 것은 그가 상처하고 나서도 이삼 년 후 엉뚱하게도 정신대 할머니를 돕기 위한 모임에서였다. 뜻밖이었지만, 생전의 그의 아내로부터 귀에 못이 박이게 주입된 선입관이 있는지라 그가 그 모임에 나타난 것도 곱단이하고 연결 지어서 생각되는 걸 어쩔 수가 없었다. 모임이 끝난 후 그가 보이지 않자 나는 마치 범인을 뒤쫓듯이 허겁지겁 행사장을 빠져나와 저만치 어깨를 축 늘어뜨리고 걸어가는 그를 불러 세웠다. 그리고 다짜고짜 따지듯이 재취 장가를 들었느냐고 물었다. 그는 아니라고 말하고 나서 앞으로도 할 생각이 없다고, 묻지도 않은 말까지 덧붙이는 것이었다.

왜요? 곱단이를 못 잊어서요? 여긴 왜 왔어요? 정신대에 그렇게 한이 맺혔어요? 고작 한 여자 때문에. 정신대만 아니었으면 둘이서 혼인했을 텐데 하구요? 참 대단하십니다.

내 퍼붓는 말에 그는 대답 대신 앞장서서 근처 찻집으로 갔다. 그 나이에 아직도 싱그러움이 남아 있는 노인을 나는 마치 순애의 넋이 씐 것처럼 꼬부장한 마음으로 바라다보았다. 그가 나직나직 말했다.

선입관(先入觀) 어떤 대상에 대하여 이미 마음속에 가지고 있는 고정적인 관념이나 관점.
꼬부장하다 마음이 뒤틀려 기분이 좋지 않다.
나직나직 소리가 꽤 작고 낮은 모양.

내가 곱단이를 아직도 잊지 못한다는 건 순전히 우리 집사람이 지어낸 생각이에요. 난 지금 곱단이 얼굴도 생각이 안 나요. 우리 집사람이 줄기차게 이르집어˚ 주지 않았으면 아마 이름도 잊어버렸을 거예요. 내가 곱단이를 그리워했다면 그건 아마 누구에게나 있을 수 있는 젊은 날에 대한 아련한 향수였겠지요. 아름다운 내 고향에서 보낸 젊은 날을 문득문득 그리워하는 것도 죄가 되나요. 내가 유람선상에서 운 것도 저게 정말 북한 땅일까? 남의 나라에서 바라보니 이렇게 지척˚인데 내 나라에선 왜 그렇게 멀었을까? 그게 서럽고 부끄러워 나도 모르게 눈물이 복받친 거지, 거기가 신의주라는 건 별로 중요하지 않았어요. 오늘 여기 오게 된 것도, 글쎄요, 내가 한 짓도 내가 설명할 수 있을 것 같지 않지만…… 아마 얼마 전 우연히 일본 잡지에서 정신대 문제를 애써 대수롭게 여기지 않으려는 일본 사람들의 생각을 읽고 분통이 터진 것과 관계가 있겠죠. 강제였다는 증거가 있느냐? 수적으로 한국에서 너무 부풀려 말한다. 뭐 이런 투였어요. 범죄 의식이 전혀 없더군요. 그걸 참을 수가 없었어요. 비록 곱단이의 얼굴은 생각나지 않지만 나는 지금도 생생하게 느낄 수가 있어요. 곱단이가 딴 데로 시집가면서 느꼈을 분하고 억울하고 절망적인 심정을요. 나는 정신대 할머니처럼

이르집다 오래전의 일을 들추어내다.
지척(咫尺) 아주 가까운 거리.

직접 당한 사람들의 원한에다 그걸 면한 사람들의 한까지 보태고 싶었어요. 당한 사람이나 면한 사람이나 똑같이 그 제국주의적 폭력의 희생자였다고 생각해요. 면하긴 했지만 면하기 위해 어떻게들 했나요? 강도의 폭력을 피하기 위해 얼떨결에 십 층에서 뛰어내려 죽었다고 강도는 죄가 없고 자살이 되나요? 삼천리 강산 방방곡곡에서 사랑의 기쁨, 그 향기로운 숨결을 모조리 질식시켜 버리니 그 천인공노할 범죄를 잊어버린다면 우리는 사람도 아니죠. 당한 자의 한에다가 면한 자의 분노까지 보태고 싶은 내 마음 알겠어요? 장만득 씨의 눈에 눈물이 그렁해졌다.

■ 『13월의 사랑』(예감, 1997);
『박완서 단편소설 전집 6 - 그 여자네 집』(문학동네, 2011)

면하다(免--) 1. 책임이나 의무를 지지 않게 되다. 2. 어떤 일을 당하지 않게 되다. 여기에서는 2의 의미로 쓰임.
❋ 강도의 폭력을 피하기 위해 ~ 자살이 되나요? 여기서 '강도'는 36년 동안 식민지 조선을 수탈했던 일본을, 강도의 폭력을 피하기 위해 십 층에서 뛰어내려 죽은 사람은 그 폭력의 희생자였던 대다수 조선 민중을 의미한다. 폭력을 직접적으로 당한 당사자뿐만 아니라, 그것을 운 좋게 피한 사람들일지라도 그 후유증에 시달릴 수밖에 없다. 따라서 일제 강점기 식민 통치하에서 조선 민중은 직접적이든, 간접적이든 폭력의 피해자이고 일본은 가해자이므로, 일본이 교묘하게 변명을 일삼아서는 안 된다는 것을 강조한 것이다.
천인공노하다(天人共怒--) 하늘과 사람이 함께 노한다는 뜻으로, 누구나 분노할 만큼 증오스럽거나 도저히 용납할 수 없다.

그 여자네 집 **작품 해설**

●등장인물 들여다보기

나
어린 시절을 북한의 '행촌리'에서 보내다가 월남한 소설가입니다. 작품에서는 만득이와 곱단이의 과거 사랑 이야기를 기억하고 이를 독자들에게 전해 주는 관찰자이자 서술자 역할을 하지요.

'나'는 같은 여자로서 만득의 처 순애가 실존하지도 않는 곱단이를 오랜 세월 동안 연적으로 여기고 남편을 의심하는 것에 대해 동정과 연민의 감정을 느낍니다. 그러다 정신대 할머니를 돕기 위한 모임에서 만득 씨를 만나 그의 말을 듣고 나서는 우리 민족 모두가 제국주의 폭력의 희생자라는 사실에 공감하기도 하지요. 이처럼 '나'는 만득이, 곱단이, 순애와 같은 실향민이자, 일제 강점기와 해방, 분단과 같은 우리나라 근현대사의 비극적인 사건들을 몸소 겪어 온 인물입니다. 이제는 돌아가지 못하는 북쪽 고향에 대한 그리움과 그 세대의 아픔에 공감할 수 있는 인물인 것이지요.

장만득
서술자인 '나'가 김용택의 시 〈그 여자네 집〉을 읽자마자 그를 떠올릴 정도로, 곱단이와 고운 사랑을 한 인물입니다. 그러다가 징병과 전쟁으로 인해 영영 이별하게 되는 안타까운 로맨스의 주인공이지요. 만득이는 동네 유일의 읍내 중학생이자 총명하고 잘생긴 것으로 유명했습니다. 문학청년의 기질을 지닌 그는 마을 젊은 이들 사이에 춘원 바람을 일으키고, 임화나 김억의 시를 읽고, 곱단이에게 자신이 쓴 시를 읽어 줄 만큼 감성적이었습니다. 또 사랑하는 사람을 과부로 만들지 않기 위해서 혼인을 하지 않고 전쟁터에 나갈 정도로 배려심이 깊고 도덕적이었지요. 이러한 면모는 나이가 들어서도 마찬가지입니다. 그는 여전히 북에 있는 고향을 그리워하며, 과거사에 대해 사과하거나 반성하지 않는 일본의 처사에 분개하여 정신대 할머니를 돕기 위한 모임에 참석합니다. 잘못된 체제나 역사 왜곡에 대해 자신의 정당한 분노를 표현하는 것이지요. 요컨대 만득 씨는 현대사의 소용돌이 속에서 대다수 평범한 사람들이 겪었을 법한 시련이나 고통을 지녔다는 점에서 제국주의적 폭력의 희생자이지만, 이를 망각하거나 회피하지 않고 극복하려는 의지를 지닌 인물입니다.

곱단이

곱단이는 '나'의 회상적 진술을 통해서만 등장할 뿐 모습을 드러내지는 않습니다. 마치 순애에게 곱단이가 "생전 늙지도, 금도 가지 않는 연적"으로 남아 있었던 것처럼요. 곱단이는 그 나이 또래 여자아이처럼 전형적인 농촌 마을에서 곱게 자라났고, 소학교를 다녔을 뿐 그 외에는 별다른 신식 교육을 받지 않았습니다. 그러다 일제 강점 말기에 사랑하는 사람(만득)을 징병으로 떠나보내고, 자신은 정신대에 끌려가지 않기 위해 부모가 정한 재취 자리로 시집을 가게 됩니다. 그야말로 시대의 희생양이 된 것이지요. 사실 곱단이는 자신이 옳다고 생각하는 것을 굽힐 만큼 주관이 없는 인물이 아니기에, 징병에 나가는 만득이가 자신을 생각해 혼사를 치르지 않으려고 하자 처음에는 반발합니다. 하지만 결국에는 그의 속 깊은 뜻을 받아들이게 되지요. 그렇기 때문에 사랑하는 사람과 맺어지지 못하는 그녀의 인생행로가 더욱 안타깝고 비극적으로 여겨지는 것입니다. 그런 점에서 곱단이는 만득 씨와 마찬가지로 제국주의적 폭력과 분단의 희생자라 할 수 있습니다.

● 작품 Q&A

"선생님, 궁금해요!"

Q 이 작품의 시간적 배경은 현재에서 과거로, 그리고 다시 현재로 바뀝니다. 작품의 시간적 배경은 구체적으로 언제이고, 작가가 왜 이런 식으로 시간적 배경을 설정했는지 궁금합니다.

A 작가는 이 작품에서 '현재—과거—현재'를 번갈아 가며 서술하고 있습니다. 소설가가 된 '나'가 나이가 들어 참석한 실향민 모임에서 과거 낭만적 사랑의 주인공이었던 만득 씨를 만나게 되고, 그의 사연을 알아 가게 되는 현재 시점이 시간적 배경의 한 축을 이

루는데요, 작품이 발표된 시기와 엇비슷하다고 본다면 작품 속 '현재'는 아마도 1990년대쯤일 것으로 추정됩니다. 현재의 에피소드에서 만득 씨가 중국 여행을 가는 부분이 있는데, 분단 이후 단절되었던 중국과의 외교가 시작되고 중국이 개방된 게 1990년대 초쯤이니 1990년대를 배경으로 했다고 보는 것이 맞을 겁니다. 또 하나 만득 씨가 정신대 할머니를 돕기 위한 모임에 참석하는 것도 시간적 배경을 추측하는 단서가 될 수 있어요. 곧 '일본군 위안부 문제 해결을 위한 수요 집회'가 1992년부터 시작되었으므로 그 이후가 되겠지요. 이런 사회 분위기의 변화로 인해 작가는 자연스럽게 남북 분단 직전 북한 행촌리의 아름다운 모습과 당시 사람들의 정서를 복원할 수 있었습니다.

'과거 회상' 부분에서는 일제 강점기를 배경으로 만득이와 곱단이의 사랑과 이들에 대한 마을 사람들의 애정, 일제 강점 말기 공출과 징병으로 인해 평화롭던 마을이 피폐해져 가고 만득이가 징병으로 군대에 가게 되는 과정, 정신대를 피해 곱단이가 마지못해 다른 사람의 재취 자리로 들어가게 되는 과정, 징병에서 돌아온 만득이가 순애와 결혼 후 마을을 떠나는 과정을 순차적으로 그리고 있습니다. 이처럼 과거는 우리 근현대사의 격동기라고 할 수 있는 일제 강점기를 배경으로 하여, 만득이와 곱단이의 순수한 사랑이 일제의 수탈과 제국주의 전쟁으로 인해 이루어지지 못했음을 보여 줍니다. 이들의 비극은 여기서 그치지 않습니다. 해방 직후 이들이 살던 지역이 휴전선 이북 땅으로 남게 되면서 '나'나 만득 씨는 실향민으로 남한 땅에서 살아가야 했습니다.

민족의 수난사를 그리기 위해서는 앞서 설명한 과거만을 배경으로 해도 큰 문제가 없겠지요. 그런데 왜 작가는 현재와 과거를 번갈아 가며, 좀 더 정확하게는 액자 소설에서처럼 현재를 외화, 과거를 내화와 유사하게 설정해 이야기를 전개하고 있을까요? 물론 이 작품은 기존의 액자 소설과는 조금 다릅니다. 보통의 액자 소설에서는 외화가 내화의 이야기를 본격적으로 전개하기 위해 독자의 흥미를 자아내거나, 내화의 이야기에 신뢰감을 부여하는 기능을 주로 하는 데 반해, 이 작품에서는 현재의 이야기 역시 아직도 끝나지 않은 분단으로 인한 실향민의 고통을 그림으로써 단순한 화제 제시 이상의 역할을 하고 있기 때문입니다. 곧 작가는 '현재-과거-현재' 순으로 시간을 번갈아 배치함으로써, 낙원과 같은 행촌리에서 순수하게 살아가던 청춘들, 그리고 민중들의 삶이 제국주의의 수탈이나 분단, 전쟁과 같은 외부적 요인으로 인해 파괴되었음을 극적으로 보여 줄 수 있게 된 것이지요.

Q 작가는 김용택 시인의 〈그 여자네 집〉에서 모티프를 얻어 이 작품을 썼다고 밝히고 있어요. 시 〈그 여자네 집〉과 이 작품은 어떤 관련이 있나요?

A 이 작품에서 작가는 북한 동포 돕기 시 낭송회에서 낭송을 해 달라는 부탁을 받고 김용택의 시 〈그 여자네 집〉을 고릅니다. 시 〈그 여자네 집〉은 작가인 '나'가 자신의 고향 마을에 얽힌 추억으로 되돌아가 곱단이와 만득이의 이야기를 회상하게 되는 계기를 제공합니다.

시 〈그 여자네 집〉은 이 작품과 분위기가 아주 비슷합니다. "살구꽃이 바람에 하얗게 날리는 집"은 살구꽃이 흐드러지게 핀다 하여 이름 붙여진 작품의 배경 '행촌리'와 유사한 분위기를 자아냅니다. "마당에 햇살이 노란 집 / 저녁 연기가 곧게 올라가는 집 / 뒤안에 감이 붉게 익은 집"이라는 시 속의 풍경과 "부엌에서 더운 점심을 짓느라 연기가 곧게 올라가는 따뜻한 가을날"이라는 작품의 평화로운 마을 풍경도 일치하지요.

또한 이 시에서 화자인 '나'의 사랑은 이루어지지 못하고, 과거 그 여자와 그 여자네 집에 대한 그리움과 아름다운 추억만이 존재합니다. 이는 이 작품에서 만득이와 곱단이의 순수한 사랑이 현대사의 비극적 상황으로 인해 이루어지지 못하는 것과 유사합니다. 이처럼 작품에서 삽입된 시는 사건의 전개를 암시하는 역할을 하고 있습니다.

즉, 시 〈그 여자네 집〉에서 그 여자와 화자 '나' 사이의 서정적·낭만적 사랑은 작품에서 곱단이와 만득이의 사랑과 겹쳐지며, 이러한 서정적이고 평화로운 정경은 일제 강점기와 해방 후 분단으로 이어지는 산문적 현실과 대조를 이룹니다.

Q 만득이와 곱단이의 사랑은 결국 이루어지지 못하는데요, 이것은 개인의 아픔을 넘어서 우리나라의 현실이나 현대사와 관련이 있는 것 같아요. 어떤 의미가 있을까요?

A 옛날 우리나라는 봉건적인 질서를 중시하여 젊은 남녀 간의 자유로운 연애를 인정하지 않았습니다. 근대적인 문물과 사상이 들

어온 1930~40년대에도 자유연애는 서울 같은 대도시의 모던 보이, 신여성처럼 신식 교육을 받은 사람들만 하는 것으로 알고 있었죠. 그런데 만득이와 곱단이는 자유연애를 인정하지 않았던 1940년대의 봉건적인 농촌 사회에서 "우리 마을의 화초요 꿈"으로 불릴 만큼 마을 사람들의 인정을 받습니다. 아마도 마을 어른들에게 이 둘의 사랑은 현실에서 이루어지기를 바라는 희망 같은 것이었는지도 모릅니다.

하지만 마을의 선남선녀였던 이 둘의 사랑은 만득이의 강제 징병으로 인해 이루어지지 못합니다. 만득이는 징병을 나가기 전에 곱단이와 혼인할 수도 있었습니다. 하지만 만약 자신이 살아서 돌아오지 못할 경우 곱단이가 과부가 될 수도 있으므로 혼사를 치르지 않고 떠납니다. '나'는 이것을 그만의 '사랑법'이라고 말합니다. 옛날에는 사회 통념상 한 번 결혼을 했던 여성이 재혼을 하는 것이 거의 허용되지 않았어요. 그렇기에 결국에는 만득이의 속 깊은 선택을 곱단이나 마을 사람들도 이해하고 받아들입니다. 하지만 이런 만득이의 결단에도 불구하고 곱단이는 여자 정신대에 끌려가지 않기 위해 할 수 없이 다른 남자의 재취 자리로 시집을 가게 됩니다. 둘의 연애를 지지했던 마을 어른들도 "이제 곱단이를 위해 할 수 있는 일은 일본군한테 내주지 않는 일뿐"이라고 여기고 곱단이가 만득이가 아닌 다른 남자에게 시집가는 것을 묵인합니다. 상식이 통하지 않는 당시 상황에서는 어쩔 수 없는 방어적 선택이라고 할 수 있지요. 이처럼 일제 강점기에 자행된 강제 징병과 정신대 동원, 경제적 수탈 등 억압적 상황으로 인해 만득이와 곱단이의 사랑은 좌절되고 마는 것입니다.

　해방 후에도 만득이와 곱단이의 삶의 여정은 순조롭지 않습니다. 곱단이가 끝내 낙원과 같은 행촌리로 돌아오지 못하고, 만득이가 마을의 다른 처녀와 결혼하는 것은 분단이 낳은 피해라 할 수 있습니다. 또한 만득이와 결혼한 순애가 수십 년이 지난 뒤에도 만득이가 곱단이를 잊지 못한다고 생각하고 심리적으로 고통을 받는 것 역시 원인을 따져 보면 분단으로 인한 것이지요. 따라서 만득이와 곱단이의 사랑이 이루어지지 못한 것, 분단 40여 년이 흐른 뒤에도 만득이와 순애가 과거에 얽매어 있는 것은 개인사를 넘어 우리 현대사의 비극과 연관이 있다고 볼 수 있습니다.

Q 작품의 마지막 부분을 보면 만득 씨가 아내와 함께 압록강 유람선을 탔을 때 소리 내어 우는 바람에 아내로부터 아직도 곱단이를 못 잊은 게 아닌가라는 오해를 사는 장면이 나옵니다. 그런가 하면 정신대 할머니를 돕기 위한 모임에 나타나 '나'의 오해를 사기도 합니다. 왜 만득 씨는 이러한 행동을 한 것일까요?

A 만득 씨는 실향민입니다. 북에 가족이나 사랑하는 사람을 두고 월남한 사람들이라면 고향에 대한 그리움, 남겨진 가족에 대한 죄책감 등으로 인해 오랜 세월 고통을 받았을 것입니다. 특히나 만득 씨는 순수한 청년 시절에 사랑했던 곱단이와 원하지 않는 이별을 했기에 그 그리움이 더 컸을 것입니다. 그렇기에 고향에서 보낸 젊은 날에 대한 그리움을 마음에 품고 살아가고 있으리라 짐작할 수 있어요. 하지만 그가 아내 순애의 오해처럼 젊은 날 곱단이와의

사랑을 잊지 못한 채 살아가는 것은 아닙니다. 그는 자신과 곱단이, 순애, 그리고 그 시대를 함께 겪었던 사람들 모두 자신의 의지와는 상관없이 불행해질 수밖에 없었던 상황을 안타까워하고 이에 대해 연민의 감정을 느끼고 있는 것이지요.

거기서 더 나아가 만득 씨는 일제의 폭력과 역사 왜곡, 분단 상황에 대해서도 분노와 서글픔을 드러내고 있습니다. 만득 씨가 백두산 관광차 갔던 압록강에서 북한 땅을 바라보며 울음을 터뜨리거나 정신대 할머니를 돕는 모임에 참석하는 것은 남북이 분단된 상황에 대한 서러움의 표출이자 일본의 역사 왜곡에 대한 나름의 저항이라고 볼 수 있지요. 만득 씨는 정신대 할머니를 돕기 위한 모임에 참석하는 것이 아직도 곱단이를 잊지 못해서냐는 '나'의 비난에 다음과 같이 대답합니다. 곱단이가 느꼈을 "분하고 억울하고 절망적인 심정"을 함께 느끼고, "정신대 할머니처럼 직접 당한 사람들의 원한에다 그걸 면한 사람들의 분노까지 보태고" 싶어서라고요. 즉, 만득 씨의 행동은 "삼천리 강산 방방곡곡에서 사랑의 기쁨, 그 향기로운 숨결을 모조리 질식시켜" 버리고, 평범한 조선 민중의 삶을 여지없이 파괴한 제국주의적 폭력을 기억하고자 하는 윤리적 행위인 것입니다.

❖ 더 읽어 봅시다 ❖

첫사랑의 슬픈 기억을 6·25 전쟁이라는 시대적 아픔 속에 녹여 낸, 작가의 또 다른 작품

박완서, 〈그 남자네 집〉 _같은 이름의 단편 소설을 확장한 작품으로, 6·25 전쟁을 시대적 배경으로 하여 첫사랑에 관한 기억을 기록한 자전적 소설이다. 분단 이후의 서울을 배경으로 '그 남자'에 대한 첫사랑의 열정과 이별, 전후의 피폐한 일상을 직접 겪어야 했던 여성들의 이야기를 대비해 가며 이야기를 전개하고 있다.

일제 강점기와 6·25 전쟁 등 민족사의 수난과 그 비극을 다룬 작품

하근찬, 〈수난 이대〉 _일제 강점기 때 징용에 끌려갔다가 한쪽 팔을 잃은 아버지 박만도와 6·25 전쟁에 참전했다가 한쪽 다리를 잃고 돌아온 아들 진수를 통해 우리 민족의 수난과 비극을 함축적으로 그린 작품이다. 일제 강점기나 6·25 전쟁과 같은 외부적 폭력으로 인해 개인의 삶이 파괴되는 상황을 비판적 시각으로 그리는 동시에, 그러한 비극을 극복하려는 긍정적인 의지와 자세를 담아내고 있다.

엄마의 말뚝 2

평범한 중산층 가정주부로 살아가던 '나'는 어느 날 나이 드신 어머니가 다리를 다쳐 수술을 받은 후 갑자기 이상한 반응과 행동을 보이자 당황하게 됩니다. 그러고는 기억 저편으로 밀어 넣었던 고통스러운 기억을 떠올리게 되지요. 과연 그 고통스러운 기억은 무엇인지, 또 작품의 제목인 '엄마의 말뚝'은 무엇을 뜻하는지, 작품을 읽으며 확인해 볼까요?

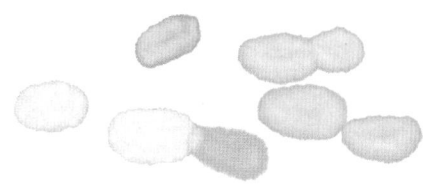

여태껏 우리 집에서 일어난 크고 작은 불상사는 하나같이 내가 집을 비운 사이에 일어났다고 나는 믿고 있다.

내 경험에 의하면 집을 비우되 몸과 마음이 함께 떠났을 때, 그러니까 집 걱정은 조금도 안 하고 바깥 재미에 흠뻑 빠졌다가 돌아왔을 때 영락없이 집에선 어떤 사고가 기다리고 있었다.

첫애 젖을 떼고 났을 무렵이었다. 애 기르는 일의 가장 어렵고 손 많이 가는 고비에서 놓여났다는 해방감에서였는지 동창계 모임에서 느긋하게 화투판에 끼어들게 되었다. 층층시하 핑계, 젖먹이 핑계로 어깨너머로 잠깐잠깐씩 구경이나 하다가 남 먼저 자리를 뜨던 화투판에 처음으로 끼어들고 보니, 선무당이

불상사(不祥事) 상서롭지 못한 일.
  상서롭다(祥瑞--) 복되고 길한 일이 일어날 조짐이 있다.
영락없이(零落--) 조금도 틀리지 아니하고 꼭 들어맞게.
계(契) 주로 경제적인 도움을 주고받거나 친목을 도모하기 위해 만든 전래의 협동 조직.
층층시하(層層侍下) 부모, 조부모 등의 어른들을 다 모시고 사는 처지.

사람 잡는다고* 재미도 재미려니와 손속까지 나는 바람에 그만 날 저무는 것도 몰랐다.

"쟤 좀 봐. 시어머니 모시고 사는 애가 이렇게 늦게 들어가도 무사하려나 몰라."

누군가의 귀띔으로 나는 퍼뜩 정신이 났다. 그때도 나는 어쩌다 하루쯤 밖에서 친구들하고 어울리는 재미에 시간 가는 줄 몰랐다고 해서 그걸로 시어머니한테 주눅이 들 만큼 순진하진 않았다. 그것보다는 온종일 한 번도 집 걱정을 안 했었다는 데 생각이 미치면서 매우 기묘한 느낌을 맛보았다. 첫애라 더했겠지만 자나 깨나 한시반시 마음을 놓지 못하고 골몰했던 엄마 노릇에서 그렇게 완벽하게 놓여나게 한 게 다름 아닌 화투 놀이의 매혹이었다는 게 문득 나를 어리둥절하게 했다. 뒤미처 매우 기분 나쁘게 섬뜩한 느낌으로 내가 경험한 매혹 속에 악의(惡意)에 찬 속임수가 숨겨져 있었을지도 모른다는 생각이 들었다. 놀음의 트릭 따위가 아닌 운명의 마수 같은.

나는 곧 그런 생각의 터무니없음을 스스로 알아차렸지만 섬뜩한 느낌만은 구체적인 물건의 촉감처럼 생생했다. 나는 그 기

---

* 선무당이 사람 잡는다고 '선무당이 사람 잡는다'는 미숙한 사람이 괜히 설치다가 오히려 일을 그르쳐 놓는다는 말이다. 여기에서는 노름에 서투른 사람이 오히려 노름을 하는 데 흥미를 느끼고 운이 따르는 상황을 의미한다.
손속 노름할 때에, 힘들이지 아니하여도 손대는 대로 패가 잘 맞아 나오는 운수.
주눅 기운을 제대로 펴지 못하고 움츠러드는 태도나 성질.
골몰하다(汨沒--) 다른 생각을 할 여유도 없이 한 가지 일에만 파묻히다.
마수(魔手) 음흉하고 흉악한 손길.

분 나쁜 것을 떨어 버리기 위해 애써 그날의 수입을 계산하려 들었다. 반찬 값은 번 것 같았다. 시간 가는 줄 모르게 즐거웠는 데다가 덤으로 수입까지 잡았으니 어디냐 싶은 치사한 계산으로 기분을 돌이키려 들었다.

나중에야 알았지만 그 섬뜩한 건 예감이었다. 내가 집을 비운 동안에 아장아장 걸음마를 하던 첫애가 끓는 물주전자를 들어 엎어 다리에 심한 화상을 입고 병원에서 응급조치를 받고 있었다. 차마 못 들어 줄 소리로 신음하고 있는 그 애 옆에서 같이 울고 있던 시어머님은 나를 보자 온종일 어디 갔다 이제 오느냐고 나무라기보다는 우선 당신이 애 잘못 본 변명부터 하시려고 했다.

"글쎄 눈 깜빡할 사이에 이런 일이 일어났구나. 저녁나절 출출하길래 저 하나 나 하나 먹으려고 달걀을 두 개 삶아서 주전자째 들여놓고 소금을 가지러 돌아서려는데……."

시어머님은 말끝을 못 맺고 어린애처럼 입술을 비죽대더니 아이고, 아이고, 숫제* 통곡을 하시는 것이었다.

"제 탓이에요."

나는 떨리는 소리로 겨우 그렇게 한마디 했다.

"애 본 공은 없다더니……."

"제 탓이라니까요."

---

* 숫제 아예 전적으로.

"선생님이 그러는데 덧나지만 않으면 흠은 안 난다더라. 야 안 살성이 나 닮았으니까 덧나진 않을 게야. 나도 어려서 꼭 야아처럼 왼발로 국그릇을 들어엎어서 어찌나 몹시 데었던지 버선을 벗기니까 살가죽이 홀라당 묻어나더란다. 그때야 덴 데 바르는 약이라면 간장밖에 더 있었냐. 참 옛날 고릿적 얘기지. 간장 몇 번 발라 준 것밖에 없다는데도 감쪽같이 아물었으니까 살성 하난 본받을 만하지. 요새야 약이 좀 좋으냐. 참 주사꺼정 맞았다."

시어머님은 그런 얘기를 내 눈치 봐 가며 띄엄띄엄했기 때문에 끝없는 수다처럼 견디기 어려웠다. 그런 소리가 내 아이가 지금 혼자서 겪고 있는 고통과 무슨 상관이 있단 말인가. 나는 나로 말미암아 이 세상에 있게 된 내 아이가 이 세상에서 처음으로 당면한 엄청난 고통 중 털끝만 한 부피도 덜어 가질 수 없다는 게 부당해서 곧 환장을 할 지경이었다. 사람들은 서로 남남끼리요, 사람도 결국은 외톨이라는 걸 받아들이기엔 그 아이는 너무 작고 어렸다. 그래서 더욱 나는 그 아이에 대한 온종일의 방심 끝에 내가 체험한 그 기묘한 섬뜩함에 어떤 의미를 붙이려 했는지도 모른다. 나는 그 섬뜩함을 내 아이와 나 사이에만 있는 눈에 보이지 않되 분명히 있긴 있는, 신비한 끈을 통한

흠 '흠(欠)'의 변한말. 어떤 물건의 깨어지거나 상한 자국. 여기에서는 '흠(흠터)'을 의미함.
살성(-性) 살갗의 성질.
고릿적 썩 오래된 옛날의 때.

계고(戒告)였다고 생각했다. 그것이 계고라는 걸 진작만 깨달았어도 일을 안 당할 수도 있었으련만…… 나는 내 미련함을 깊이 뉘우치고 다시는 미련하지 않을 것을 별렀다.

그때 내 아이의 화상은 시어머님의 살성을 닮았든지 약이 좋았든지 간에 조금도 흠집을 안 남기고 곱게 아물었다. 그 후 두 살 터울로 아이를 넷이나 더 낳아서 도합 5남매를 기르려니 어찌 화상뿐이었으랴. 골절상, 낙상, 교통사고, 약물 중독 등 가슴이 내려앉고 하늘이 노래지는 사고를 수없이 겪게 됐고 처음 사고가 그랬던 것처럼 번번이 내가 집에 없는 사이에만 일어났다. 집안일에 대한 철저한 방심 끝에 오는 섬뜩한 느낌도 여전했으나 모든 일이 그렇듯이 그것도 타성이 붙으니까 조금씩 미심쩍어지기 시작했다. 그게 정녕 예감이나 계고라면 사고보다 미리 와야 마땅하련만 시간적으로 거슬러 올라가 보면 거의가 다 나중에 왔음을 알 수 있었고 사고마다 영락없이 내가 집을 비운 사이에 일어났다고 치더라도 내 핏줄과 관계없는 사고— 시어머님의 낙상, 보일러 폭발 사고, 도난 사고 등도 역시 나 없는 사이에만 일어날 건 또 뭔가. 신기할 건 아무것도 없었다. 집안의 안전을 다스리는 사람이 없는 사이를 틈타는 게 사고의 속성

계고(戒告) 일정한 기간 안에 행정상의 의무를 이행하지 않을 경우에, 강제 집행한다는 내용을 문서로 알리는 일. 여기에서는 '미리 경계할 수 있도록 알려 줌' 정도의 의미로 쓰임.
낙상(落傷) 떨어지거나 넘어져서 다침. 또는 그렇게 입은 상처.
타성(惰性) 오래되어 굳어진 좋지 않은 버릇. 또는 오랫동안 변화나 새로움을 꾀하지 않아 나태하게 굳어진 습성.

일 뿐이었다.

그 섬뜩한 건 핏줄 사이에만 있는 신비한 끈과 관계가 있다기보다는 내 철저한 방심(放心)과 더 깊은 관계가 있음 직했다. 집안일에 대한 일시적인 방심은 나 자신만의 일이나 재미에 대한 몰두를 뜻하기도 했고, 그런 모처럼의 이기(利己)에서 헤어났을 때, 한 집안의 안주인 노릇만을 숭상했던 평소의 의식이 느낄 수 있는 가책과 당황이 그런 섬뜩한 이물감으로 와 닿았다고 생각하는 게 훨씬 지당하고도 속 편했다. 내적인 심리 상태와 외부의 현상 사이에 있다고 가정한 어떤 초월적인 힘의 작용에 대해 이런 온당하고 상식적인 해석을 붙이고 나니 섬뜩한 느낌의 영험도 차츰 무디어지기 시작했다.

실상 이미 타성화된 섬뜩한 느낌은 허탕 치는 일이 더 많았다. 그도 그럴 것이 애들은 이제 다 자랐고 시어머님은 돌아가셨고 집도 마치 비우는 것을 목적으로 지은 것 같은 아파트로 옮겼으니 집을 비우는 일은 나에게 다반사가 되었고 그 사이에

이물감(異物感) 몸 안에 다른 물질이 들어간 느낌.
✽ 모처럼의 이기(利己)에서 헤어났을 때, ~ 섬뜩한 이물감으로 와 닿았다 '나'는 평소 집안일과 가족의 대소사를 책임지며 집안의 안주인 역할을 충실히 해 왔다. 하지만, 가끔씩 집 밖에서 친구들과 어울리거나 나만의 시간을 가지면서 해방감을 느끼는데, 이것을 '이기(자기 자신만의 이익을 꾀함)'라고 표현하고 있다. 그런데 '나'가 집 밖에 있을 때에만 가족들이 크고 작은 사고를 당한다. '나'는 집안일을 책임져야 할 사람이 집을 비웠기 때문에 이런 일이 생겼다고 자책하며, 이때 느끼는 당황스러움과 미안함, 죄책감 등의 복합적인 감정을 '섬뜩한 이물감'이라고 표현한 것이다.
온당하다(穩當--) 판단이나 행동 따위가 사리에 어긋나지 아니하고 알맞다.
영험(靈驗) 사람이 바라는 대로 되는 신기한 징후.
다반사(茶飯事) 차를 마시고 밥을 먹는 일이라는 뜻으로, 보통 있는 예사로운 일을 이르는 말.

무슨 일이 일어날 만한 건덕지가 집 안에 남아 있을 리도 없었다. 식구들이 사고를 저지를 수 있는 무대는 이제 집 안이 아니라 집 밖이었다.

  이상하게도 그 섬뜩한 느낌이 영험을 상실한 후에도 나는 계속해서 그것을 경험할 수 있기를 바랐다. 그것은 집을 비울 때마다 번번이 오는 헤픈 느낌이 결코 아니었다. 집을 비우되 반드시 몸과 마음을 함께 비울 것을 전제로 했다. 몸을 비우는 일은 임의로 할 수 있지만 마음을 비우는 일은 그렇지가 않았다. 집 밖에서도 늘 집안일과 집안 걱정에 쫓기는 게 여편네 팔자였다. 또 집안일에 대한 철저한 방심이 사고의 원인이라는 내 나름의 미신이 밖에서 일부러라도 자주 집안일을 생각하거나 걱정하게 했고 때로는 전화질 같은 행동으로 그걸 나타내기도 했다. 그렇건만도 어쩌다가 바깥 재미에 빠져 집 생각을 한 번도 안 하는 수가 있고 그럴 때마다 섬뜩한 느낌과 함께 제정신이 들었다. 나는 그 섬뜩함 자체를 사랑했다. 그 섬뜩함은 일순 무의미한 진구렁의 퇴적에 불과한 나의 일상, 내가 주인인 나의 살림의 해묵은 먼지를 깜짝 놀라도록 아름답고 생기 있게 비춰

건덕지 '건더기'의 사투리. 내세울 만한 일의 내용이나 근거를 속되게 이르는 말.
임의(任意) 어떤 제한 없이 마음대로 함.
일순(一瞬) 일순간. 아주 짧은 시간.
진구렁 1. 질척거리는 진흙 구렁. 2. 빠져나오기 어려운 험난한 처지를 비유적으로 이르는 말. 여기에서는 2의 의미로 쓰임.
해묵다 1. 어떤 물건이 여러 해를 넘겨 남아 있다. 2. 어떤 일이나 감정이 해결되지 못한 상태에서 여러 해를 넘기거나 많은 시간이 지나다. 여기에서는 1의 의미로 쓰임.

주기 때문이다.✽ 그 요술 같은 조명 효과 때문에 나는 마치 첫 무대에 서는 배우처럼 가슴 울렁거리며 새롭고도 서툴게 나의 일상으로 되돌아갈 수가 있었다. 비록 일순의 착각에 불과한 것이더라도 권태가 행복처럼, 먼지가 금가루처럼 빛나는 게 어찌 즐겁지 않으랴. 뜻밖의 삶의 축복이었다.

 그뿐 아니라 불길한 것의 감지 능력이 거의 백발백중이었을 소싯적˚의 그 기분 나쁜 섬뜩한 느낌 또한 나는 얼마나 사랑하고 있는지. 지금의 나의 안주인으로서의 당당한 권세— 일종의 터줏대감 의식도 실은 그 시절 그 느낌에 근거하고 있을 것이다.

 나만 없어 봐라, 이 집 안 꼴이 뭐가 되나? 기껏 3박 4일쯤의 여행에서 돌아와 신나게 총채˚를 휘두르며 이런 푸념을 하는 것도 실은 그 시절의 영광의 헛된 반추˚에 지나지 않을지도 모르겠다. 그럴 땐 나 없는 동안에 잘못된 건 장식장 선반의 부우연 먼지와 방구석에 쑤셔 박아 놓은 양말짝이 고작이라는 게 오히려 섭섭할 지경이었다. 그래서도 더더욱 나만 없어 봐라는 상투적인 공갈을 되풀이했다. 이런 나를 아이들은 하여튼 우리 엄마는

✽ 나는 그 섬뜩함 자체를 사랑했다. ~ 생기 있게 비춰 주기 때문이다 '나'는 중산층 전업주부의 반복적이고 변화 없는 일상에서 벗어나 음주나 노름 같은 순간적인 일탈을 꿈꾼다. 그러면서도 집안일에 신경을 쓰지 않으면 자기 역할을 하지 않은 것 같은 불안감을 느낀다. 더 나아가 그런 불안감을 깨달을 때의 '섬뜩함'으로 인해 일상의 소중함이나 자기 역할을 새삼스레 깨닫게 된다는 점에서 섬뜩함을 삶의 축복이라고 생각한다. 이런 복합적인 심리에서 '섬뜩함'을 사랑한다고 역설적으로 표현한 것이다.
소싯적(少時-) 젊었을 때.
총채 말총이나 헝겊 따위로 만든 먼지떨이.
반추(反芻) 어떤 일을 되풀이하여 음미하거나 생각함. 또는 그런 일.

못 말린다는 눈초리로 바라보며 저희끼리 킬킬거리곤 했다. 물론 언제나 이 구질구질한 살림 걱정 안 하고 살아 보냐는 푸념을 나라고 안 하는 바는 아니다. 나만 없어 봐라? 보다 더 자주 써먹는 소리인지도 모른다. 그러나 그건 입술 끝에 달린 엄살일 뿐 내 속셈은 어디까지나 내 살림의 종신 집권(?)이다.

그날은 오래간만에 즐거웠다. 친구의 농장에 닿기 전부터 내리기 시작한 눈은 오후부터 폭설로 변했다. 동구 밖 거목들이 동양화 속의 원경처럼 꼭 필요한 고결한 몇 가닥의 선으로 단순화되면서 아득하고도 부드럽게 흐려 보였다. 어린 과수(果樹)들은 눈의 무게를 이기지 못해 간간이 잔가지가 부러지는 소리가 뚝뚝 비명처럼 들렸다. 벽난로 속에서 청솔가지가 싱그러운 냄새를 풍기며 활활 타올라 방 안을 훈훈하게도 정겨웁게도 했다. 바로 유리문 밖 뜨락 앵두나무엔 눈꽃이 탐스럽게 만개해서 황홀했다. 선경(仙境)이었다. 비록 제 차가 있다고는 하지만 친구 남편이 아침저녁 서울 한복판에 있는 그의 사무실까지 출퇴근하기에 불편이 없을 만큼 가까운 거리에 그런 선경이 있을 줄이야. 지난 봄 뜨락에 앵두꽃이 만개했을 때도 나는 친구의 농장에

종신(終身) 목숨을 다하기까지의 동안.
거목(巨木) 굵고 큰 나무.
원경(遠景) 멀리 보이는 경치. 또는 먼 데서 보는 경치.
과수(果樹) 과실나무. 열매를 얻기 위하여 가꾸는 나무를 통틀어 이르는 말.
청솔가지(靑---) 베어 낸 지 얼마 안 되어 아직 푸른 잎이 마르지 아니한 솔가지.
만개하다(滿開--) 만발하다(滿發--). 꽃이 활짝 다 피다.
선경(仙境) 경치가 신비스럽고 그윽한 곳을 비유적으로 이르는 말.

초대된 적이 있었다. 그때는 딴 친구들도 여럿 함께여서 뜨락과 과수원 길엔 그들이 타고 온 승용차가 즐비했고 만발한 복사꽃 사이론 따라온 아이들의 즐거운 웃음소리가 가득했었다. 그때 이 농장은 이 같은 도시의 여파(餘波)와 잘 어울려 마치 도시 근교의 관광 농장처럼 들뜬 모습을 하고 있었다. 나는 그때의 농장과 지금의 농장을 마치 별개의 두 개의 농장처럼 각각 다른 느낌으로 좋아하고 있었다. 나에겐 그 둘이 별개의 것이기 때문에 거리감도 물론 달랐다. 나는 마치 난리를 피해 천신만고 계룡산을 찾아든 『정감록』의 신도처럼 평화롭고 달콤하게 피곤했다.

청솔가지가 활기 있게 타면서 내는 소리를 들으며 나는 나무도 환성(歡聲)을 지를 줄 안다고 생각했다. 창밖에선 여전히 눈이 내리고 있어 레이스 커튼이 움직이고 있는 것처럼 보였다. 그런 느낌은 우리가 앉은 방 안이 전체적으로 어디론지 한없이 떠오르는 것 같은 환각으로 이어졌다. 방이 움직여 어디로 가고 있다면 그건 공간적인 이동이 아니라 시간적인 이동일 거라는 생각이 나를 그 이동에 고분고분 순종케 했다. 푸짐한 눈은 인간의 발자국은 물론 인간의 업적까지를 말끔히 말살해서 온 세상을 태곳적으로 돌려놓고 있었다.

여파(餘波) 어떤 일이 끝난 뒤에 남아 미치는 영향.
천신만고(千辛萬苦) '천 가지 매운 것과 만 가지 쓴 것'이라는 뜻으로, 온갖 어려운 고비를 다 겪으며 심하게 고생함을 이르는 말.
정감록(鄭鑑錄) 조선 중기 이후 백성들 속에 유포된, 나라의 운명과 백성의 앞날에 대한 예언서. 풍수지리상으로 본 조선 왕조 후 역대의 변천 따위를 예언한 것이다.

친구가 달덩이같이 생긴 유리병에 든 빨간 액체를 크리스탈 잔에 따랐다.

"맛봐. 앵두주야."

앵두주는 루비처럼 고운 빛으로 투명했다.

"얘, 지어 보니 농사처럼 좋은 것은 없더라. 저 앵두나무도 뜰에 그냥 화초 삼아 있는 줄 알았더니 그게 아니더라구. 어떻게 다부지게 열매가 여는지 글쎄 몇 그루 안 되는 나무에서 앵두를 서 말이나 땄지 뭐니, 일 봐주는 집 아이들이 들며 나며 실컷 따 먹고, 나도 친척들이랑 그이 친구들이랑 구경 오는 손님마다 자랑삼아 따 보내고 했는데도 말야. 서울 집에서 포도주 담그던 병 갖고는 어림도 없어서 숫제 큰 독을 묻고 술을 담갔으니까 실컷 마셔."

"얘는 누굴 모주 취급하고 있어."

그러면서도 나는 그 달콤하고도 아름다운 술을 홀짝홀짝 겁없이 들이켜고 있었다.

봄에서 겨울, 앵두꽃에서 눈꽃 사이 이 아름다운 술을 빚을 수 있는 새빨간 열매를 서 말, 아니지 다섯 말쯤을 그 작은 키에 다닥다닥 매달고 서 있었을 앵두나무의 고달픈 시기를 생각하며 나는 찬탄을 주체 못하고 있었다.

다부지다 생김새가 실속이 있게 속이 꽉 차 있다.
모주(母酒) 모주망태. 술을 늘 대중없이 많이 마시는 사람을 놀림조로 이르는 말.
찬탄(讚歎/贊嘆) 칭찬하며 감탄함.

"글쎄 그 농사라는 게 말이지."

친구가 또 농사 자랑을 할 기세였다. 나는 앵두꽃 필 무렵의 친구 초대가 이 집의 집들이 잔치를 겸한 거였다는 게 생각나서 슬며시 비꼬고 넘어가려 했다.

"너 농사 몇 해나 지어 봤다고 자랑부터 하니? 남 샘나게. 좀 더 두고 쓴맛 단맛 다 보고 나서 얘기하자. 한탄도 좀 들어야 생전 콘크리트 닭장 못 면하는* 나 같은 사람도 좀 위안이 될 게 아니니?"

"아직 1년도 안 됐지만, 앞으로 몇 년을 여기서 산대도 내가 쓴맛 볼 게 뭐 있니?"

하긴 그랬다. 과수원도 농토도 친구와 남편의 소유일 뿐이지 농사는 남을 줘서 시키고 있었다. 그렇다고 소작을 준 것하고도 다른 게 거기서 조금도 수입을 기대하지 않았다. 다만 먹고 싶은 만큼은 따 먹고, 바라보고, 저게 다 내 거로구나, 만족하는 게 그들이 그들의 농장에서 거두길 바라는 소출의 전부였다. 생계는 도시의 업체에서 벌어들이는 걸로 충분했고 다만 친구의 건강이 구체적인 병명을 집어낼 수 없는 상태인 채 수년간 좋지 않아 전지 요양 삼아 마련한 농장이었다. 그러니까 친구가 농사

✤ 콘크리트 닭장 못 면하는 삭막한 도시 생활을 벗어나지 못하고 있다는 뜻이다.
소작(小作) 농토를 갖지 못한 농민이 일정한 대가를 지급하고 다른 사람의 농지를 빌려 농사를 짓는 일.
소출(所出) 논밭에서 나는 곡식. 또는 그 곡식의 양.
전지 요양(轉地療養) 기후나 환경이 좋은 곳으로 거주지를 옮겨 쉬면서 병을 치료함.

농사 하고 으스대는 건 순전히 뜨락의 몇 그루의 앵두나무가 올린 수확을 뜻하는 것이었다.

  나는 맥도 빠지고 약간은 기가 죽기도 했다. 신경성인가 뭔가 하는 병답지도 않은 병을 위한 전지 요양치곤 너무 호화판이다 싶어서였다. 그러나 나의 처진 기분은 앵두술 때문에 별로 오래 가지 않았다. 나는 술이 들어가기 시작하면 딴사람처럼 기분이 고조되고 말이 많아지고 웃음이 헤퍼지는 버릇이 있었다. 꼭꼭 싸 둔 생각, 황당한 불안, 맺힌 마음이 거침없이 술술 말이 되어 넘쳤다. 퍼내어도 퍼내어도 넘치는 맑은 샘물처럼 말이 범람했다. 듣는 상대방에게도 그게 맑은 샘물이 될 것인지 구정물이 될 것인지는 내 아랑곳할 바도 아니었다. 오로지 나는 내 속에 갇힌 것들이 말을 통해 자유로워지는 쾌감에 급급했다. 그건 또한 내가 그것들로부터 자유로워진 느낌이기도 했다. 나는 그런 방법으로 자유를 맛보고 있는지도 몰랐다. 평소 나에게 있어서 자유란 나뭇가지 끝에 걸린 별이나 다름없었다. 당장 딸 수 있을 것 같아 나무를 기어올라가 봤댔자 허사였다. 올라갈수록 별은 멀고 돌아갈 수 있는 땅 역시 멀어져서 얻어 가질 수 있는 것은 위기의식밖에 없었다.

맥(脈) 기운이나 힘.
✽ 나는 내 속에 갇힌 것들이 ~ 자유로워진 느낌이기도 했다 나보다는 가족, 나의 욕망보다는 가족의 평안이 우선인 가정주부로서는 평소 자기 감정을 솔직하게 표출할 기회가 없었을 것이다. '나'는 '내 속에 갇힌 것들', 즉 평범하고 단조로운 일상을 살아가면서 느끼는 답답함이나 불안감 등을 술의 힘을 빌려 표출함으로써 일시적인 해방감을 느끼는 것이다.

평소의 그런 감정이 술주정 비슷한 품위 없는 방법으로나마 자유를 향유코자 했음 직하다. 친구가 몇 번을 자랑해도 과함이 없을 만큼 친구의 농사는 정말 대단한 것이었다. 앵두술은 달콤하고 영롱하고 아름다웠고 주정(酒精)은 향기롭고 순도 높아서 나를 온종일 유쾌하고 황홀하게 했다.

친구의 남편이 돌아왔다. 폭설은 멎었지만 논, 밭, 길, 개울의 구별 없이 망막한 눈밭에 새로운 길을 내면서 돌아온 그의 귀가는 휘황한 헤드라이트를 앞세우고 엔진 소리도 요란하게 돌아왔음에도 불구하고 위험을 무릅쓴 동물의 귀소(歸巢)처럼 야성적으로 보였다. 나는 크게 감동해서 예의 거나한 다변으로 찬사를 퍼부었다. 나의 주정의 또 하나의 미덕은 아무리 마셔도 거나한 것 이상은 취하지 않는 거였다.

나의 찬사에 마냥 수줍어하던 그는 서울 가는 길이 위험하니 자기 차로 데려다 주마고 했다. 친구는 남편의 목에 팔을 감고 펄쩍펄쩍 뛰면서 좋아했다.

"정말 그래 주시겠어요? 나도 아까부터 이 귀한 손님을 그 털털거리는 시외버스에 맡기고 어떻게 오늘 밤을 편하게 자나 걱정했었다우."

주정(酒精) 술의 주성분으로서, 녹말 같은 것을 발효하여 만든 무색투명한 액체.
망막하다(茫漠--) 넓고 멀다.
귀소(歸巢) 동물이 집이나 둥지로 돌아감.
거나하다 술 따위에 어지간히 취한 상태에 있다.
다변(多辯) 말이 많음.

"털털거리는 시외버스나마 다니는 줄 알아. 지레 겁을 먹고 벌써부터 안 다닌다구. 주무시고 가신다면 모를까 가시려면 내 차가 유일한 교통수단이야. 그러니까……."

그러니까 나를 쫓아 보내려면 별수 있겠느냐는 그의 다음 말을 나는 취중에도 총기 있게 짐작하고 얼른 자리를 떴다.

"당신 졸면서 운전하면 난 싫어."

그러더니 친구도 따라나섰다. 친구 부부가 나란히 앞자리에 앉았기 때문에 나는 뒷자리에서 안심하고 깊은 잠에 빠졌다. 얼마 동안 걸렸는지 친구 부부가 나를 엘리베이터에 쑤셔 박고 가 버린 후에야 겨우 잠에서 깼다. 콤팩트를 꺼내려고 핸드백을 여니까 맨 위에 웬 껌이 한 통 들어 있었다.

"이거 씹어. 냄새 안 나게."

친구가 그러면서 내 핸드백에 쑤셔 넣던 생각이 어렴풋이 났다. 어디쯤에서였더라까지는 생각이 안 났지만 남편과 아이들 앞에 술 냄새 풍기지 않고 귀가하길 바라는 친구의 자상한 마음은 알고도 남았다. 그러고 보니 친구가 내 집 생각을 해 줄 때까지, 아니 그 후까지 어쩌면 나는 단 한 번도 집 생각을 안 한 것이다. 집으로부터의 완전한 방심…… 여기에 생각이 미치면서 그 섬뜩한 게 또 등덜미를 지나갔다. 그것은 내가 여태껏 경험한 섬뜩함 중에서도 최악의 것이었다. 마치 나의 맨살 위로 피

총기(聰氣) 총명한 기운.

〔血〕가 찬 기어 다니는 짐승이 기는 것 같은 느낌을 맛보았다. 그 느낌의 생생한 현실감에 비기면 하루의 청유(淸遊)는 꿈처럼 자취 없이 헛된 것이었다. 나는 휘청거렸다. 술기운 때문이 아니었다. 술은 이미 말끔히 깨 있었다. 내 나이를 생각했다. 이제 재난이나 화(禍)를 견딜 수 있을 것 같지가 않았다. 앞으론 내가 식구들의 화가 되는 게 순서, 아니 권리일 것 같았다. 근래에 와선 섬뜩한 느낌이 허탕을 친 경우가 더 많았음에도 불구하고 나는 내 식구 중 하나가 당하고 있을 재난을 조금도 의심하지 않았다. 그만큼 그날의 섬뜩함은 각별하고도 새로웠다. 엘리베이터가 멎고 문이 열렸다. 거기 나의 식구들이 고스란히, 그리고 무사하게 서 있었다. 마치 제막된 동상처럼.

정말 동상으로 고정된 사람처럼 그들은 나를 보고도 꼼짝도 안 했고 꾸민 듯 데면데면한 표정도 고치지 않았다. 숫제 나를 몰라보는 것 같았다. 그런 일이 있을까. 그야말로 재난이었다. 온전한 나만의 재난…… 그러나 역시 견딜 수 있을 것 같지가 않았다.

진저리를 치고 빠져나갔던 생활이라도 돌아와 보니 나를 모른다고 할 때 돌연 그 생활은 얼마나 사랑스러운 게 되어 있는

청유(淸遊) 아담하고 깨끗하며 속되지 아니하게 놂. 또는 그런 놀이.
제막되다(除幕--) 동상이나 기념비 따위의 막이 걷히다.
데면데면하다 사람을 대하는 태도가 친밀감이 없고 어색하다.
진저리 몹시 싫증이 나거나 귀찮아 떨쳐지는 몸짓.
돌연(突然) 예기치 못한 사이에 급히.

것일까?

  나는 온몸으로 아부하며 만면에 웃음을 띠었다. 생전 처음 웃어 보는 것처럼 살갗이 당길 뿐 웃음은 마냥 서툴렀다.

  "내가 너무 늦었나 보지. 말도 마라. 그게 웬 눈인지, 버스가 끊겨 혼났다. 자고 가라는 걸 사정사정해서 그 집 자가용을 얻어 타고 오는 길야. 운전수도 안 두고 사는 집 차를 얻어 타려니 어찌나 황공한지. 귀한 사람들이 목숨 걸고 여기까지 데려다 준 거란다. 정말 지독한 눈이었어."

  나는 그들의 어깨 너머로 눈과는 무관한 우리 집 골목, 아파트의 복도를 바라보며 말했다.

  "엄마, 놀라지 마세요."

  "여보, 놀라지 말아요."

  "그동안에 일이 좀 생겼어요."

  "놀라지 마, 엄마."

  놀라지 말라는 말처럼 사람을 놀라게 하는 데 효과적인 말이 또 있을까. 그러나 나 역시 후들대는 가슴을 진정하기 위해 생각나는 말도 그 말밖엔 없었다. 놀라지 마. 네 식구는 네 눈앞에 저렇게 건재하지 않니? 사람이 성한 그 나머지 재난 같은 건 나는 하나도 안 무서워. 암 안 무섭고말고. 설사 그들이 공모를 해

만면(滿面) 온 얼굴.
건재하다(健在--) 힘이나 능력이 줄어들지 않고 여전히 그대로 있다.
공모(共謀) '공동 모의'를 줄여 이르는 말. 두 사람 이상이 어떤 불법적인 행위를 하기로 합의하는 일.

서 나를 생전 모른다 하기로 작정을 했다고 하더라도 놀랄 건 없어.

"외할머니가 다치셨대, 엄마."

"눈에서 넘어지셨는데……."

"중상인가 봐."

"정신을 잃으셨는데 아직 못 깨어나셨대."

"엄마 오시길 얼마나 기다렸다고요."

"기다리다 못해 우리끼리 먼저 지금 병원을 가는 길이오. 당신도 같이 가겠소?"

식구들이 모두 한마디씩 했다. 나를 비난하는 투는 조금도 없었는데도 나는 부끄러워서 그들로부터 숨어 버리고 싶었다.

"아, 아니에요. 얼른 먼저들 가세요. 곧 뒤미처 갈게요. 가슴이 떨려서요. 다리도 떨리고요."

나는 울먹이며 화끈대는 얼굴을 두 손으로 감쌌다.

"거봐. 엄마 쇼크 받았잖아. 그렇게 한꺼번에 말해 버리는 게 어디 있니?"

"어때? 아무 때 알려도 알려야 할 건데."

"그래그래. 자식이 나쁜 일 당한 걸 부모에게 속이는 건 봤어도 부모한테 일 생긴 거 자식한테 숨기는 건 못 봤다."

아이들 사이에서 작은 말다툼이 생겼다. 남편은 말없이 아이들 중 하나를 쇼크 받은 아내를 위해 떼어 놓고 먼저 병원으로 갔다. 나는 그 아이마저 떼어 놓고 내 방을 걸어 잠그고 방바닥에 쓰러졌다. 충격 때문이 아니라 부끄러움과 졸음 때문이었다. 나 없는 동안에 일어난 재난의 당사자가 내 식구가 아니라 친정어머니라는 걸 알아들으면서 속으로 나는 얼마나 안도하고 기뻐했던가. 그 사실이 나를 심히 민망하고 부끄럽게 했지만 그런 죄책감조차 별로 절실하지도 못해 들입다˙ 잠이 쏟아져서 견딜 수가 없었다. 나는 나에게 힘이 되어 주려고 집에 남아서 어쩔 줄을 모르고 있는 아이에겐 끝내 슬픔을 가장한 채 허겁지겁 잠 속으로 빠져들었다. 마치 불륜의 쾌락처럼 단잠이었다.

짧고 깊은 잠에서 깨어났을 때 찬물을 끼얹듯이 제일 먼저 떠오른 생각은 내 아이들이 나에게 가장 가까운 육친이듯이 어머니 역시 가장 가까운 육친이라는 거였다. 소위 말하는 일 촌(一寸) 사이가 서로 동등하거늘 나는 내 아이들 대신 어머니가 당한 재난을 마치 타인에게 그것을 떠맡긴 양 다행스러워했던 것이다.

더군다나 어머니에게 나는 단지 하나 남은 일 촌이었다. 나에겐 다섯씩이나 있어도 얼고 떠는 일 촌이 어머니에겐 하나밖에 남아 있지 않았다. 자식 사랑이 결코 그 수효에 따라 수박 쪽 나누듯이 분배되어 줄어드는 게 아니라는 뜻으로 '열 손가락 깨물어 안 아픈 손가락 있느냐'는 속담이 있다. 그렇더라도 하나밖에 안 남은 손가락에 대한 집착과 애정은 도대체 어떤 것일

들입다 세차게 마구.

까? 그 생각이 나를 소스라치게 했다.

6·25 때 여읜 오빠 생각이 났다. 친척이나 이웃 간에 효자로 널리 알려졌던 오빠였다. 소년 시절의 그의 모습이 선연하게 떠올랐다. 엄마와 오빠와 나, 세 식구가 한창 곤궁했을 적, 엄마가 바느질품 판 돈을 졸라 군것질을 일삼다 마침내 구멍가게 유리창까지 깨뜨려 엄마에게 큰 손해를 입힌 나를 그는 인왕산 성터로 데리고 올라가 눈물로 매질을 했었다. 그때의 매질이 나를 두들겨 일으킨 것처럼 잠은 깨끗이 사라지고 그는 참으로 오래간만에 나에게서 가까이 있었다. 그때의 그의 눈물이 지금도 나를 울게 했다. 그를 가까이 느낄수록 그를 잃었다는 상실감도 그만큼 컸다.

어머니에게 무슨 일이 나든 그것을 제일 먼저 책임져야 할 사람은 나밖에 없다는 걸 더는 회피할 수가 없었다. 나는 몸과 마음을 가다듬고 병원으로 향했다.

뜻밖에도 어머니는 의식을 회복해서 나를 보자 희미하게 웃기까지 하셨다. 오빠가 남긴 두 아들이 이젠 오빠보다 훨씬 더 나이를 먹어 의젓하게 처자식을 거느리고 있고, 거기다 우리 집 대식구까지 합해 응급실의 어머니의 병상은 제법 근엄했다. 나

여의다 부모나 사랑하는 사람이 죽어서 이별하다.
선연하다(鮮然--) 실제 보는 것처럼 생생하다.
곤궁하다(困窮--) 가난하여 살림이 구차하다.
바느질품 바느질을 해 주고 돈을 받아 생계를 잇는 일.
일삼다 주로 좋지 아니한 일을 계속하여 하다.

는 그때까지 줄창 오빠 생각을 하고 있었기 때문에 죽은 사람은 나이를 먹을 수 없다는 평범한 사실이 새삼스럽게 쓸쓸한 감회가 되었다.

나는 일 촌답게 허둥지둥 그들을 헤치고 왈칵 어머니의 손을 잡았다. 시신도 감동시킨다는 일 촌의 당도였다. 어머니의 눈에 눈물이 그렁이더니 하염없이 흘러내렸다. 어머니에게 내가 단 하나 남은 자식이란 사실이 서러운 눈물이 되어 모녀 사이를 흘렀다.

"어쩌다가 이 지경을 당하셨어요?"

"석이 애비가 밖에서 눈을 치는 걸 들창으로 내다보다가 마음은 젊어서 좀 거들어 줄까 싶어 마당으로 한 발짝을 내딛다가 그만……."

석이 애비란 현재 어머니를 모시고 있는 오빠의 큰아들, 어머니의 장손, 나의 장조카였다.

"거들긴 뭘 거드셔? 잔소리가 하고 싶으셨겠지."

석이 에미가 혼잣말처럼 종알거렸다.

"그럼 느이들이 다 옆에 있으면서 할머니를 이 지경으로 만들었단 말이냐?"

줄창 줄곧. 끊임없이 잇따라.
감회(感懷) 지난 일을 돌이켜 볼 때 느껴지는 생각이나 정(情).
당도(當到) 어떤 곳에 다다름.
들창(-窓) 1. 들어서 여는 창. 2. 벽의 위쪽에 자그맣게 만든 창.
장조카(長--) 맏조카. 맏형의 맏아들을 이르는 말.

나는 나도 모르게 그만 조카 내외 탓을 하고 있었다.

"할머니가 총찰 안 하시는 게 있는 줄 아세요? 또 총찰하시고 싶어 나오시나 보다 할 수밖에요."

조카가 얼른 제 아내 역성을 들고 나섰다. 어머니는 팔십을 훨씬 넘어선 연세였고 조카 내외는 서른 안팎이었다. 시부모 모시기도 꺼리는 세상에 한 세대를 건너뛰어 조손(祖孫)이 한 지붕 밑에 사는 게 쉬운 일은 아닐 터였다. 그러나 어머니의 달갑잖은 존재가 이렇게 드러나 보이긴 처음이었다.

응급실이라 여기저기 신음 소리, 울음소리, 가족들이 술렁이는 소리가 들렸다.

"다치신 덴 어디에요?"

조카며느리가 홑이불을 젖히고 다리를 가리켰다. 어머니의 왼쪽 다리가 엉치 밑에서 획 밖으로 돈 채 퉁퉁 부어 있는 게 남의 다리를 얻어다가 어설프게 이어 놓은 것처럼 이물스러워 보였다. 한눈에 사태가 심상치 않다는 걸 짐작할 수 있었다. 어머니는 여든여섯이었다.

"빨리 공구리를 해 주지 않고……."

총찰(總察) 모든 일을 맡아 총괄하여 살핌. 또는 그런 직무.
역성 옳고 그름에는 관계없이 무조건 한쪽 편을 들어 주는 일.
조손(祖孫) 할아버지와 손자를 아울러 이르는 말.
엉치 '엉덩이'의 사투리. 엉덩이 뒤 부위에서 뼈가 만져지는 부위.
공구리 '콘크리트(시멘트에 모래와 자갈, 골재 따위를 적당히 섞고 물에 반죽한 혼합물)'의 사투리 혹은 일본어 표기. 여기에서는 부러지거나 다친 뼈가 고정되도록 석고 붕대로 싸매는 '깁스'를 의미한다.

어머니가 우리 모두를 위로하듯이 중얼거렸다.

"안 아프세요?"

"안 아프긴, 다시 기절이나 했으면 싶구나."

"아, 어머니!"

이때 간호원이 우리 가족을 불렀다. 우리는 우르르 담당 의사한테로 몰려갔다. 응급실 담당 레지던트는 너무 젊고 피곤해 보였다. 벽에 붙은 전자시계의 빨간 초침은 소리 없이 자정을 넘고 있었고, X-레이 감광판에서 어머니의 앙상한 엉치와 대퇴골이 심판을 기다리고 있었다.

"우선 입원시키고 경과 봐서는 수술을 해야겠는데요."

"무슨 말씀이신지?"

"경과를 본다는 건 수술을 견딜 수 있나를 체크해 본다는 뜻이지 자연 치유의 가능성을 말하는 게 아니니까요."

"그분은 여든여섯이세요. 어떻게 수술을…… 참 그분은 깁스를 원하시던데, 오래 걸려도 상관없어요. 깁스를 해 주세요."

"고령이기 때문에 수술을 하라는 겁니다. 깁스로 뼈가 붙기엔 너무 늙으셨어요. 그 나이에 깁스는 살아 있는 관(棺)이죠. 이런저런 합병증으로 깁스한 채 돌아가실 게 틀림없으니까요."

레지던트(resident) 전문의 자격을 얻기 위하여 인턴 과정을 마친 뒤에 밟는 전공의 한 과정.
  인턴(intern) 의과 대학을 졸업하고 의사 면허를 받은 후 임상 실습을 받는 전공의.
감광판(感光板) 빛이 닿으면 화학적 변화를 일으키는 약제를 바른 유리판이나 셀룰로이드 판.
대퇴골(大腿骨) 골반과 무릎 사이에 뻗어 있는 넙다리의 뼈. 우리 몸에서 가장 길고 크다.
경과(經過) 시간이 흘러 지나감에 따라 일이 되어 가는 과정.

젊은 의사가 냉담하게 말했다.

"그분은 깁스를 하는 걸로 알고 있는데…… 저어…… 어떻게 깁스로 안 될까요?"

나는 거의 애원조로 빌붙었다.

"진단이나 치료는 환자가 하는 게 아닙니다."

"그러니까 우린 선택의 여지도 없다는 말씀이군요?"

"그렇죠, 방법은 수술밖에 없으니까요."

"수술하면 다시 걸으실 수 있을까요?"

"경과가 좋으면……"

"그러니까 수술 결과도 장담 못 하겠단 말씀 아녜요? 말도 안 돼요."

나는 싸울 듯이 언성을 높였다. 그러나 젊은 의사는 좀처럼 덩달아 흥분할 것 같지 않았다. 그의 냉담은 명철한 지성에서 온다기보다는 직업적인 과로에 연유하고 있는 것 같았다.

"내일 주치의 선생님하고 자세한 걸 의논하시죠. 우선 입원 수속이나 밟으시고……"

"선생님이 주치의도 아니면서 어쩌면 그렇게 단정적으로 수술을 권하세요?"

"오늘의 의술이 할 수 있는 거의 유일한 방법이니까요."

"흥, 결과도 보장을 못 하면서……"

명철하다(明哲--) 총명하고 사리에 밝다.

"유일한 방법이라고 했을 뿐이지 안전한 방법이라곤 안 했습니다. 유일한 방법일수록 위험 부담이 더 따른다고도 볼 수 있어요."

마침내 의사가 발끈했다.

"고모, 왜 그러세요? 병원에 온 이상 의사 선생님 말씀에 따라야죠."

뒤에서 구경만 하고 있던 두 조카가 나섰다.

"너희들은 모른다. 아무것도 몰라."

나는 무턱대고 치미는 격정에 못 이겨 악을 썼다.

"뭘 모른다고 그러세요?"

"할머니는 여든여섯이셔. 그런 큰 수술을 견디실 수 있을 것 같니?"

"도리가 없잖아요? 우선 입원 수속 밟고 자세한 건 내일 주치의 선생님과 의논합시다. 고모, 여긴 응급실이에요."

조카들이 나를 난동 분자° 다루듯이 거칠게 복도로 끌어냈다. 그러나 그때 그런 방법으로 젊은 의사와 나눈 대화가 가장 자세한 의논이 될 줄은 미처 몰랐었다.

큰 대학 부속 병원 회진° 시간이 다 그렇듯이 다음 날 아침 한 떼의 레지던트, 인턴, 간호원을 거느리고 나타난 주치의 선생님

난동 분자(亂動分子) 문맥상 '질서를 어지럽히며 마구 행동하는 사람' 정도를 의미함.
회진(回診) 의사가 병실을 돌아다니며 환자를 진찰함.

은 한눈에 믿음직스럽고도 권위 있어 보였다. 권위란 상대방으로 하여금 하고 싶은 말을 참게 하는 어떤 힘이 아닐까? 나는 한편에 다소곳이 비켜서서 무슨 말이 떨어지기만을 기다렸다. 그는 거느린 수련의[•]들한테만 내가 알아들을 수 없는 외국어로 짤막하게 몇 마디 하고 나가 버렸다. 나는 허둥지둥 뒤따라 나갔지만 수련의 중에 섞여 있던 어젯밤의 응급실 당직[•] 의사를 붙드는 게 고작이었다. 그는 내가 묻기 전에 수술 날짜는 사흘쯤 후가 될 거라고만 말하고 다른 병실로 사라졌다. 그 사흘 동안에 주치의를 이리저리 쫓아다녀서 알아낸 건 골절된 부위가 과히 예후(豫後)[•]가 좋지 못한 부위라는 것, 저절로 진이 나와서 붙을 걸 기대할 수 없는 연세이기에 금속을 집어넣어서 뼈와 뼈를 잇게 하는 수술은 불가피하다는 것, 간단한 수술은 아니라는 것들이었다. 주치의가 그 많은 말을 한꺼번에 다 한 게 아니라 어렵게 마지못해 한마디씩 한 걸 내 상상력으로 뜯어 맞추면 대강 그런 뜻이 되었다.

그의 권위에 주눅이 들어선지 과묵(寡默)[•]이란 전염성이 있는 건지 나는 아무리 벼르던 말도 그 앞에선 제대로 다 말하지 못했다. 주치의가 가족들을 답답하게 하는 것처럼 가족들 역시 어

수련의(修鍊醫) 전공의. 인턴과 레지던트를 이름.
당직(當直) 근무하는 곳에서 숙직이나 일직 따위의 당번이 됨. 또는 그런 차례가 된 사람.
예후(豫後) 의사가 환자를 진찰하고 앞으로 나타날 것이라고 미리 짐작하는 병의 증세.
과묵(寡默) 말이 적고 침착함.

머니를 답답하게 했다.

"얘, 숫제 접골원으로 갈 걸 그랬나 보다. 어긋난 뼈 맞추는 덴 아무래도 접골원이 신효하다는데, 괜히 병원으로 끌고 와 가지고 너희들 큰돈 없애게 생겼다. 얼른 부러진 다릴 맞춰서 공구리할 생각은 안 하고 이 꺼풀만 남은 늙은이 피는 왜 맨날 빼 가고 검사는 무슨 놈의 검사가 그리 많은지 아픈 거 참는 것도 참는 거지만 그게 하나라도 공짜일 리가 있냐. 공구리만 해서 내보내자니 억울해서 잔뜩 돈을 뜯어낼 심산인가 본데 느이들이 가서 궁색한 소릴 좀 해야 한다. 아이구! 다리야. 이게 내 다린가? 내 웬순가? 공구리를 하고도 이렇게 아프려거든 제발 지금 죽여 주소. 죽여 줘. 자식 앞세우고 남부끄러우리만큼 오래 살았으면 됐지 무슨 죄가 또 남아 이 몹쓸 고생을 할꼬."

어머니는 이렇게 괴로워하면서도 깁스에 한 가닥 기대를 걸고 있었다. 깁스보다 더 나쁜 일이 자기에게 일어나리라곤 아예 상상도 못 했다. 식구들은 노인에게 그걸 알리는 일을 미적미적 미루면서 내 눈치만 봤다. 설득과 위로를 필요로 하는 일을 딸이 맡아서 하는 건 당연했다.

접골원(接骨院) 어긋나거나 부러진 뼈를 이어 맞추는 일을 전문으로 하는 곳.
신효하다(神效--) 신기한 효과나 효험이 있다.
심산(心算) 속셈. 마음속으로 하는 궁리나 계획.
미적미적 1. 해야 할 일이나 날짜 따위를 미루어 자꾸 시간을 끄는 모양. 미루적미루적. 2. 자꾸 꾸물대거나 망설이는 모양.

마침내 수술 날짜가 내일로 박두해˙ 침대에 금식(禁食)˙ 팻말이 붙은 날 밤 나는 어머니가 받아야 할 수술에 대해 알릴 수밖에 없었다.

"수술? 누구 맘대로 수술을 해? 안 된다. 안 돼. 누구 맘대로 내 몸에 칼을 대? 내가 남 못 당할 몹쓸 꼴만 골라 당하고도 이날 입때 목숨을 못 끊고 살아남은 건 죽는 게 무서워서가 아냐. 주신 목숨을 내 맘대로 건드렸다가 받을 벌이 무서워서지. 수술 안 하면 죽는대도 내버려 둬. 내 나이 90이 내일모레야. 나 내버려 뒀다고 자손들 흉볼 사람 아무도 없어."

어머니는 망설이지도 않고 단호하게 수술을 거절했다. 이미 장손이 수술 동의서에 도장까지 찍은 후였고, 내일 아침 어머니를 수술실로 보내는 일은 어머니의 의사와는 상관없이 자동적으로 되게 되어 있었다. 그러나 나는 어머니의 육신에 그런 모욕을 가하고 싶지 않았다. 퉁퉁 부어오른 한쪽 다리를 뺀 어머니의 나머지 육신은 뭉치면 한 줌도 안 될 꺼풀처럼 가볍고 무력해 보였다. 그 작은 육신에나마 자존심이라는 게 남아 있는 이상 앞으로 당할 일을 알고 있을 권리가 있을 것 같았다. 그것은 어머니 속으로 난 단 하나밖에 없는 자식으로서의 애정이자 미움이기도 했다.

박두하다(迫頭--) 기일이나 시기가 가까이 닥쳐오다.
금식(禁食) 치료나 종교, 또는 그 밖의 이유로 일정 기간 동안 음식을 먹지 못하게 금해짐. 또는 먹지 않음.

나는 망설이지도 감추지도 않고 내가 아는 한 소상하게 어머니가 받아야 할 수술에 대해 설명을 했다. 대퇴골 골절을 부러진 막대기에 비유할 여유마저 생겼다.

"생각해 보세요. 부러진 나무 막대기를 꼭 이어서 써야 할 일이 생겼을 때 아교풀로 잇는 게 더 튼튼하겠어요, 쇠붙이로 끼고 나사로 죄는 게 더 튼튼하겠어요? 더군다나 아교풀이 모자라거나 아주 없을 땐 어떡하겠어요? 두려워하실 거 조금도 없어요. 박사님이 어머니의 부러진 뼈에다 쇠붙이를 끼고 튼튼히 이어 놓을 테니까요. 단 며칠을 사서도 수족을 쓰셔야 그게 사시는 거죠. 안 그래요? 어머니."

뜻밖에 어머니의 얼굴에 밝은 미소가 떠올랐다. 그동안 정기 없이 흐려졌던 눈도 난데없이 꿈꾸는 소녀의 눈빛처럼 은은하게 빛났다.

"그러니까 지금도 뼈 부러진 덴 산골이 제일이란 말이지?"

"네?"

나는 어머니의 말뜻을 전혀 알아들을 수가 없을뿐더러 돌변한 어머니의 태도는 막연히 기분 나쁘기까지 했기 때문에 생급스러운 소리로 악을 썼다.

아교풀(阿膠-) 짐승의 가죽, 힘줄, 뼈 따위를 진하게 고아서 굳힌 끈끈한 것. 접착제로 쓴다.
정기(精氣) 생기 있고 빛이 나는 기운.
산골 이황화철, 산화철을 주성분으로 하는 황화 철강. 구리가 나는 곳에서 나는 푸른빛을 띤 누런색의 쇠붙이로, 접골 약으로 쓴다.
생급스럽다 하는 일이나 행동 따위가 뜻밖이고 갑작스럽다.

"의술이 제아무리 발달해도 뼈 부러진 덴 산골밖에 없다고? 암 산골이 제일이고말고…… 산골은 영약인걸."

어머니는 마치 잃었던 어린 날의 동요를 주워 올리듯이 그립고 달콤한 목소리로 이렇게 읊조렸다.

"어머니, 무슨 말씀이세요? 정신 차리세요."

나는 어머니의 가냘픈 어깨를 마구 흔들었다.

"잔뼈만 부러졌어도 산골을 먹으면 되는 건데 굵은 뼈가 부러졌으니 수술을 해서라도 끼울 수밖에. 얘들아, 나 수술 받는 거 조금도 안 무섭다. 느이들도 걱정할 거 하나도 없어. 산골로 붙여 놓은 뼈는 부러지기 전보다 훨씬 더 튼튼해진다는 걸 난 잘 알지. 이 손목 좀 보렴."

어머니는 오른손을 높이 쳐들어 보이면서 우리 모두를 감싸고도 남을 듯이 너그럽고 훈훈하게 미소지었다. 그러나 누가 보기에도 어머니의 오른손 손목은 정상이 아니었다. 뼈가 불거져 나오고 한쪽으로 약간 삐뚤어져서 성한 손목보다 굵어 보이긴 했지만.

나는 그게 그렇게 된 까닭을 알고 있었다. 뒤늦게 산골이 무엇을 뜻하는지도 알아차렸다.

다음 날 아침 어머니는 수술실로 들어가기 위해 틀니를 빼고도 시종 그렇게 웃으셨기 때문에 마치 갓난아기 같았다. 어든보다

영약(靈藥) 신비스러운 효험이 있는 약.

아흔에 더 가까운 연세에 크나큰 시련을 앞두고 갓난아기처럼 웃을 수 있는 어머니의 비밀이 나를 참을 수 없이 슬프게 했다.

우리 세 식구가 처음으로 서울에 장만한 내 집인 현저동 꼭대기 괴불마당집에서의 첫겨울은 가혹했다. 추위도 예년에 없이 혹독했지만 여름철 장마처럼 눈이 한번 내리기 시작하면 몇 날 며칠 계속됐다. 제아무리 충직한 함경도 물장수 김 서방도 그 겨울의 지독한 눈구덩이만은 헤칠 엄두가 안 났던지 자주 물장사를 걸렀다. 그러나 그건 그리 큰 문제가 아니었다. 우리는 안마당, 바깥마당, 장독대, 지붕 위에 지천으로 쌓인 눈을 퍼다가 가마솥에 붓고 장작불만 지피면 됐다. 물보다는 불 걱정이 훨씬 더 심각했다.

우린 가늘게 패서 새끼로 한 아름씩 묶은 단 장작을 매일 한두 단씩 사다 때며 살았었는데 어머니는 그걸 이웃 구멍가게에서 안 사고 꼭 전차 종점께에 있는 나무장까지 가서 사 왔다. 겉보기엔 부피가 비슷해 보이지만 들어 보면 판이하게 나무장 것이 올차다는 거였다. 한꺼번에 열 단만 사도 거뜬히 지게로 져다 주건만 당시의 우리에겐 그만한 경제력도 없었던지 어머니

✤ 현저동 꼭대기 괴불마당집 작가 박완서가 어린 시절 살았던 집. 〈엄마의 말뚝 1〉의 내용에 따르면 어머니는 서울에 올라와 고생 끝에 서대문구 현저동 꼭대기에 집을 마련했다. 마당이 네모 나지 않고 세모난 것이 흠이었지만, 그 집에 대한 애정을 담아 애칭으로 '괴불마당'이라고 불렀다.
지천(至賤) 매우 흔함.
지피다 아궁이나 화덕 따위에 땔나무를 넣어 불을 붙이다.
나무장(--場) 땔나무를 팔고 사는 시장. 또는 그 장터.
판이하다(判異--) 비교 대상의 성질이나 모양, 상태 따위가 뚜렷이 구별될 정도로 다르다.

가 손수 그 멀리서 단 장작을 한두 단씩 날라다 땠다. 허구한 날 퍼부어 쌓인 눈으로 산동네 비탈길이 위험해지자 오빠는 그 일을 자기가 맡겠다고 나섰다. 그러나 어머니가 오빠에게 그 일을 시킬 리가 없었다.

"에민 너한테 이까짓 장작단 심부름이나 하는 효도 안 바란다. 넌 더 큰 효도를 해야 할 외아들이야. 공부 잘해 출세해서 큰돈 벌거던 우선 청량리 나무장에서 통나무를 한 바리 들여다가 쓱쓱 톱질하고 짝짝 패서 한 광 가득 차곡차곡 쟁여 놓고 겨울을 나 보자꾸나."

"그때는 그때고 지금은 지금 아녜요. 다 큰 자식 놓아두고 어머니가 그 일 하시면 사람들이 흉봐요. 자식 된 도리도 아니고요."

"장차 큰일할 자식을 몰라보고 탐탁잖은 일이나 시켜 먹는 건 그럼 에미 도리라던?"

이렇게 한마디로 딱 잘라 거절을 하는 데야 제아무리 효성이 지극한 오빠도 어쩔 수가 없었다. 그러던 어느 추위가 그악스럽던 날 어머니는 장작단을 이고 눈에서 미끄러져 만신창이가 돼서 돌아왔다. 여기저기 난 생채기는 보기만 잠깐 흉할 뿐 아무

허구하다(許久--) 날, 세월 따위가 매우 오래다.
바리 말이나 소의 등에 잔뜩 실은 짐을 세는 단위.
탐탁잖다 '탐탁하지 않다'의 준말. '탐탁하다'는 '모양이나 태도, 또는 어떤 일 따위가 마음에 들어 만족하다'라는 뜻이므로, '탐탁잖다'는 '마음에 들지 않다'라는 뜻이다.
그악스럽다 보기에 사납고 모진 데가 있다.

것도 아니었다. 단박˚ 퉁퉁 부어오르면서 심한 동통˚을 호소하는 손목이 문제였다.

오빠와 나는 엄마의 짓눌린 것처럼 나지막한 신음 소리에 귀 기울이느라 밤새도록 제대로 잠을 잘 수 없었다. 기둥이 흔들리는 것처럼 불안했다. 그러나 다음 날 아침부터 어머니는 평상시와 다름없이 집안일을 해냈고 억지로 꾸민 티 없이 씩씩하게 명랑했다. 그래도 삯바느질만은 도저히 안 되는 모양이었다. 어머니에게 기생집 삯바느질을 대던 노파를 불러다가 아직 끝맺지 못한 바느질거리를 돌려주면서 미안해했다. 노파는 어머니의 부어오른 손목을 보더니 대경실색˚을 하면서 당장 장안의 용한 침쟁이들을 줄줄이 엮어 댔지만 어머니는 별로 귀담아듣는 것 같지 않았다.

"곧 나을 거예요. 오늘만 해도 벌써 어제보다 손 놀리기가 훨씬 수월한걸요."

나중에 노파는 치자˚를 몇 개 가지고 와서 말했다.

"치자떡을 해 붙여 보우. 부기 내리는 데는 그저 치자떡이 그만이니까."

그리고 혼자말처럼 덧붙였다.

단박 그 자리에서 바로 곧.
동통(疼痛) 몸이 쑤시고 아픔.
대경실색(大驚失色) 몹시 놀라 얼굴빛이 하얗게 질림.
치자(梔子) 치자나무의 열매. 성질이 차가워 열을 내리는 기능을 한다. 타박상을 입거나 관절이 삐었을 때 밀가루와 섞어 떡을 만들어 피부에 붙이면 증상이 완화되는 효과가 있다고 한다.

"부기만 내리면 뭐 하누. 정작 부러진 뼈가 붙어야지. 부러진 뼈 붙는 데는 산골이 그만인데, 저 여편넨 돈 드는 거라면 귓등으로도 안 들으니. 제 몸 위하는 게 새끼들 위하는 거라는 걸 왜 모르누. 미련한 사람 같으니라구."

오빠도 그 소리를 들었다. 오빠는 어머니가 못 듣는 데서 노파의 집을 아느냐고 나한테 물었다. 우리는 엄마 몰래 노파의 집을 방문했다. 오빠는 노파에게 산골이란 뭐고 어디서 구할 수 있는 건가를 물었다.

"느이 엄마가 보내던? 아니야? 저런 그러면 그렇지. 아이고 신통한 새끼들. 그럼 그래야지. 이래서 사람은 자식을 낳아 기른다니까. 자식 없는 인생이란 천만금이 있으믄 뭘 해. 말짱 헛거지."

이런 호들갑스러운 수다로 시작해서 노파의 산골 얘기는 황당하기 짝이 없는 거였지만 신화처럼 매혹적이었다. 우리는 이미 신화 속에 한 발을 들여놓고 있었다. 사람이 바늘구멍만 한 구원의 여지도 없는 곤경에 빠졌을 때 신화는 갑자기 우리 앞에 그 신비의 문을 활짝 열고 그곳의 주인이 되라고 유혹한다.

산골이 나는 굴(窟)은 우리나라에 하나밖에 없는데 현저동에서 과히 멀지 않은 무악재 고개 마루턱에 있다고 했다. 생기기는 주사위 모양이지만 크기는 그저 좁쌀보다 클까 말까 한 반짝

과히(過-) 정도가 지나치게.

거리는 쇠붙이인데, 네모반듯한 주사위 모양이 어느 한 군데라도 이지러진˚ 건 약효가 없기 때문에 미리 골라서 팔지만 사는 사람도 잘 봐서 사야 한다고 했다. 그것이 부러진 뼈를 붙게 하는 효력은 실로 놀라워서 노파가 들은 바론 생전에 산골을 사다 먹고 뼈 부러진 걸 고친 사람의 시신(屍身)을 면례(緬禮)하면서˚ 보니까 반짝거리는 잗다란˚ 쇠붙이가 다닥다닥 한군데 붙어서 뼈를 이어 주고 있는데 산 사람의 기운으로도 떼어 놓을 수가 없을 만큼 단단하더라는 것이었다.

약으로 먹은 게 직접 부러진 부위로 가서 붙어 놓는 역할을 한다는 걸 우리가 곧이곧대로 믿을 수 있었던 건 우린 이미 신화 속의 주인공이 되어 있었기 때문이다.

"그게 비쌉니까?"

오빠가 얼굴을 붉히며 물었다.

"아냐, 비싸긴. 돈 들 게 뭐 있담. 흙이나 모래처럼 저절로 나는걸. 그 굴을 차지한 사람이 자릿세처럼 좀 받기야 받지만서두 얼마 안 될 거야. 병원이나 침쟁이한테서 못 고친 사람들도 오지만 침 한 대 맞을 형편도 못 되는 사람꺼정두 오니까."

"가자."

우리 남매는 눈구덩이를 뚫고 무악재 고개를 더듬어 올라갔

이지러지다 한쪽 귀퉁이가 떨어져 없어지거나 찌그러지다.
면례하다(緬禮--) 무덤을 옮겨서 다시 장사를 지내다.
잗다랗다 어지간히 가늘거나 작다.

다. 적설˙ 강산에 혹한까지 겹쳐 길은 험했지만 집에서 비교적 가깝고 열두 고개 너머도 아니었기 때문에 신화적인 감동을 맛보기 위해선 길이라도 험해야 했다.

묻고 물어서 당도한 산골 굴은 암벽에 빈지문˙이 달린 굴속이었다. 대낮인데도 촛불을 켜 놓고 있었다. 한눈에 보통 토굴˙이나 암굴˙하곤 다르다는 걸 알 수 있었다. 벽이고 천장이고 온통 반짝이는 쇠붙이로 뒤덮여 있었다. 오톨도톨 모자이크된 잔다란 쇠붙이들이 촛불이 출렁이는 대로 물결처럼 흔들려 신비한 몽환의 세계를 이루고 있었다. 산골 굴의 주인은 흰 무명 두루마기를 입은 젊은 남자였다. 만약 그가 나이 들고 흰 수염이라도 기르고 있었더라면 우리 남매는 다짜고짜 그의 발밑에 몸을 던지고 어머니를 위한 영약을 주십사고 간절히 빌었을지도 모른다.

그러나 그 젊은 남자도 우리 마음으로 신격화시키기에 충분했다. 세상 사람들하곤 다르게 빼빼 마르고 멍한 게 영적(靈的)˙으로 보였다. 그 남자와 비교해 보니 오빠가 다 자란 건강한 청년이라는 것도 새삼스럽게 나를 감격하게 했다. 나는 그 남자를 우러러보면서 오빠에게 찰싹 매달렸다.

오빠는 그 남자에게 공손히 인사를 하고 나서 용건을 말했다.

적설(積雪) 쌓여 있는 눈.
빈지문(--門) 한 짝씩 끼웠다 떼었다 하게 만든 문. 비바람을 막기 위하여 덧댄다.
토굴(土窟) 땅굴. 땅속으로 뚫린 굴.
암굴(暗窟/巖窟) 바위로 된 어두운 굴.
영적(靈的) 매우 신령스러운. 또는 그런 것.

남자는 두 자루의 촛불이 켜진 소반˚으로 가서 산골을 고르기 시작했다. 노파의 말대로 그 굴에선 산골이 무진장 나지만 산골이라고 다 약이 되는 게 아니라 어느 한 군데도 이지러지거나 삐뚤어진 데 없이 정확한 여섯 모 꼴이어야만 비로소 신효한 약효가 나타난다는 거였다. 그래도 그 남자는 산골이 직접 부러진 뼈에 가서 다닥다닥 붙어서 뼈를 이어 놓는다고까지 말하진 않았다.

그 남자가 산골을 고르는 모습은 특이했다. 소반 앞에 단정히 꿇어앉아 조는 듯 미미하게 고개를 끄덕이며 한 되나 되게 쌓인 산골 중에서 몇 알씩을 집어내어 흰 종이에 쌌다. 깡마르고 창백한 얼굴이 더욱 영적으로 돋보이고 육안˚으로 고르는 게 아니라 심안˚으로 고른다 싶게 그 일에 힘 안 들이고 몰입해 있었다.

오빠를 쳐다보니 숙연한 얼굴로 두 손을 마주 잡고 허리를 굽히고 읍하고˚ 있기에 나도 얼른 그대로 했다.

"우선 열흘 치를 줄 테니까……."

남자가 흰 종이에 나누어 놓은 걸 싸면서 말했다. 메마르고 허한 목소리였다.

"신령님께 정성 들이면 약효가 더 있을 것이니까, 이리 와 봐."

소반 말고 굴속의 가장 후미진 곳에도 두 자루에 촛불이 켜져

소반(小盤) 짧은 발이 달린 작은 상.
육안(肉眼) 맨눈. 안경 등을 이용하지 않고 직접 사물을 보는 본디의 눈.
심안(心眼) 사물을 살펴 분별하는 능력. 또는 그런 작용.
읍하다(揖--) 두 손을 맞잡아 얼굴 앞으로 들어 올리고 허리를 앞으로 공손히 구부렸다가 몸을 펴면서 손을 내리다. 인사하는 예(禮)의 하나이다.

있었고 산골로 된 자연의 단 위에 신령님의 영정이 모셔져 있었다. 단에는 정안수를 떠 놓은 불기가 있고 10전짜리, 50전짜리 동전도 흩어져 있었다.

"자아 신령님께 절하고, 약값 가져온 것 있으면 신령님께 바쳐. 그리고 이 정성 받으시고 영험을 내려 주십사 빌어, 이렇게."

오빠는 그대로 했다. 꾸벅꾸벅 절을 하고 또 했다. 내가 평소 오빠를 속으로 깊이 사랑하면서도 어려워해서 깍듯이 예절로 대했던 것은 10년이나 되는 연령 차도 있었지만 함부로 할 수 없는 오빠의 특이한 사람됨 때문이었다. 어떤 깜깜한 무지도 꾀 많은 미신도 현혹시킬 수 없을 것 같은 명석함과 떳떳함은 오빠의 사람됨의 가장 뚜렷한 특징이었다. 나는 가난한 동네의 미천한 사람들 속에서 오빠의 그런 인품이 저절로 돋보이는 걸 마치 자신의 때때옷처럼 자연스럽게 여겨 왔다.

그런 오빠가 어린 눈에도 서투른 솜씨임이 빤히 드러나는 속악한 신령님의 영정에 수없이 머리를 조아리고 있었다. 이상하게도 오빠의 이런 미신적인 의식은 그의 떳떳함을 한층 돋보이

영정(影幀) 제사나 장례를 지낼 때 나무패 대신 쓰는, 사람의 얼굴을 그린 족자.
정안수(井 - 水) 정화수(井華水). 이른 새벽에 길은 우물물. 조왕에게 가족들의 평안을 빌면서 정성을 들이거나 약을 달이는 데 쓴다.
 조왕(竈王) 부엌을 맡는다는 신. 늘 부엌에 있으면서 모든 길흉을 판단한다고 한다.
불기(佛器) 부처에게 올릴 밥을 담는 놋그릇.
현혹(眩惑) 정신을 빼앗겨 해야 할 바를 잊어버림. 또는 그렇게 되게 함.
미천하다(微賤 --) 신분이나 지위 따위가 하찮고 천하다.
때때옷 고까옷. 어린아이의 말로, 알록달록하게 곱게 만든 아이의 옷을 이르는 말.
속악하다(俗惡 --) 속되고 고약하다.

게 할지언정 조금도 모순되어 보이지 않았다.※ 정성이 그 극치에 이르면 서로 반대되는 방법까지도 화합하게 하는 것인지. 나는 누가 시키지 않았건만 공손하게 읍하고 오빠가 올리는 의식을 지켜보았다.

오빠가 신령님 앞에 바친 돈이 산골 값으로 넉넉한 것이었는지 모자라는 것이었는지 모르지만 오빠의 정성은 그 산골 장수까지도 흡족하게 한 것 같았다.

"아까는 우선 열흘만 잡숴 보라고 했는데 보아하니 더 잡술 것도 없이 열흘 안에 거뜬해지실 거구먼. 내 말 틀림없으니 두고 보소. 이 산골이라는 게 약 기운보다는 신(神) 기운을 더 타는 영물˙인데 젊은이 효성이면 어떤 신령님인들 안 동하고 배기겠수? 더구나 우리 신령님 영검˙이 어떻다구."

오빠의 산골이 어머니를 감동시킨 건 말할 것도 없다. 어머니는 안 다쳤을 때보다 훨씬 더 행복해졌고, 매일매일 모래시계처럼 정확하게 손목의 부기와 아픔을 덜어 가다가 더도 아니고 덜도 아닌 열흘 만에 완쾌를 선언했다.

우리 보기엔 아직도 손목의 모양이 정상이 아니었지만 어머니의 설명에 의하면 그곳에 산골이 모여서 뼈를 붙여 주고 있기

※ 이상하게도 오빠의 이런 ~ 모순되어 보이지 않았다 평소 합리적이고 이성적인 오빠로서는 신령님께 빌어야 산골의 약효가 더 난다는 것은 말도 안 되는 미신이다. 하지만 미신인 줄 알면서도 어머니를 위해 정성을 다하는 것이기에 '떳떳하다'고 표현한 것이다.
영물(靈物) 신령스러운 물건이나 짐승.
영검(靈 -) 사람이 바라는 바를 들어주는 신령스러운 힘.

때문이라는 거였다. 어머니는 완쾌가 틀림없는 사실이라는 걸 증명하기 위해 열흘 되던 날부터 다시 삯바느질을 시작하셨고 그 솜씨는 전과 다름없이 빼어났다. 어머니는 또 산골 먹고 붙은 뼈가 얼마나 튼튼하다는 걸 과시하기 위해 우리 앞에서 무거운 걸 번쩍번쩍 들어 보이길 즐기셨다. 영천 시장에서 장작을 날마다 한두 단씩 사다 때는 버릇도 여전했다. 해동할 때까진 오빠가 그 일을 하겠다고 해도 어머니는 막무가내였다.

"걱정 마라. 야아. 또 넘어지게 되면 이 오른손으로 꽉 짚으면 되니까. 내 오른 손목은 이제 예전과 달라 무쇠보다 더 튼튼한걸."

이렇게 뽐내면서 보기 싫게 삐뚤어진 손목을 휘둘러 보였다.

텔레비전 연속극이나 영화 같은 데서 보면 수술실로 들어가기 직전의 집도의와 환자 가족 사이가 사뭇 감동스럽다. 초조해하는 가족 앞에서 의사는 잠깐 권위의 갑주(甲胄)를 벗고 인간적인 온정과 성의를 내비친다. 실수할 확률을 전혀 배제할 수 없다손 치더라도 인간을 인간에게 맡겼다는 게 인간을 백발백중의 기계에게 맡긴 것보다 훨씬 마음 놓이게 한다. 그런 마음이 의사에게 당치 않은 응석도 부리게 하고 때로는 추태에 가까

집도의(執刀醫) 병원에서 수술을 주관하는 의사.
갑주(甲胄) 갑옷과 투구를 아울러 이르는 말.
추태(醜態) 보기에 추접스럽고 창피한 짓.

운 애걸이나 부탁, 다짐까지 하게 되고 의사는 가족들의 그런 인간적인 약점에 잠깐이나마 그 어느 때보다도 너그러워지는 아량을 보인다. 어쩌면 그건 아량이라기보다는 동정이나 감상인지도 모르지만.

나 역시 어머니의 주치의인 홍 박사와 수술실 밖에서 잠깐이나마 그런 따뜻한 인간적인 교감이 있길 바랐다. 진과 기름이 다 빠진 앙상한 노구, 그러나 아직도 여체인 어머니의 몸이 의식을 박탈당한 채 그에게 맡겨지는 광경은 상상만으로 충분히 참혹했다. 나는 내가 위로받고 싶어서도 그가 필요했다.

그러나 큰 병원 수술실은, 수술실이 아닌 수술장이었다. 그 수술장에서 수술을 받은 환자는 하루에 2, 30명을 헤아렸다. 마치 컨베이어 시스템에 의해 제품이 완성되며 운반되듯 종합병원이란 거대한 메커니즘이 환자에게 필요한 조치를 베풀어 가며 제시간에 수술실로 보내고 일정한 시간이 경과하면 저절로 수술실에서 내보냈다. 수술실로 들어가기까지 수많은 사람의 손길이 닿았지만 그 누구도 내가 진심으로 부탁하고 매달리고 싶은 책임자는 아니었다.

아량(雅量) 너그럽고 속이 깊은 마음씨.
교감(交感) 서로 접촉하여 사상이나 감정 따위를 함께 나누어 가짐.
노구(老軀) 늙은 몸.
컨베이어 시스템(conveyor system) 컨베이어를 사용하는 작업 방식. '컨베이어'는 물건을 연속적으로 이동·운반하는 띠 모양의 운반 장치이다.
메커니즘(mechanism) 사물이나 제도의 작용 원리나 구조.

더군다나 수술장은 저만큼서부터 가족들에게 금단의 구역이었고 그 속에서 일어나는 일을 볼 수 없는 것과 마찬가지로 그 속에서의 일을 책임질 사람도 만날 길이 없었다. 집도의는 수술장에 상주하는 것인지 그들만의 전용 출입문이 따로 있는 것인지, 환자를 들여보내고 아무리 그 앞에서 서성대도 홍 박사뿐 아니라 딴 어떤 의사도 만나 볼 수 없었다.

딴것도 아닌 사람들의 목숨을 맡고 맡기는 관계에 있어서 사전에 잠시라도 그런 인사치레 내지는 교감이 없다는 게 나는 몹시 허전했다. 수술 동의서에 도장 찍는 일보다는 그게 더 필요한 일일 것 같았다. 그런 중에도 수술장에 들어가기까지의 어머니의 밝고 천진한 태도는 많은 위안이 되었다. 팔십 노구에 가해질 대수술에 대해서 어쩌면 그렇게 불안 없이 마냥 편안할 수가 있는지 어머니는 산골 요법과 수술을 동일시함으로써 그런 편안함에 도달한 것이다. 어머니에게 아직도 오빠는 종교였다.

수술장은 커다란 ㄱ자 꼴로 되어 있어서 그 양 끝이 입구와 출구로 나누어져 있었다. 출구에서 그 안에서 일어나는 일을 엿볼 수 없기는 입구나 마찬가지였다. 수많은 수술 환자 가족들이

금단(禁斷) 1. 어떤 행위를 못하도록 금함. 2. 어떤 구역에 드나들지 못하도록 막음.
상주하다(常住--) 어떤 지역에 항상 머물러 있다.
✱ 어머니에게 아직도 오빠는 종교였다 어머니는 똑똑하고 사려 깊은 '나'의 오빠에게 정신적으로 의지하며 살았다. 때문에 그때로부터 수십 년이 지났음에도 불구하고 그 옛날 오빠가 산골로 어머니의 손목을 낫게 했던 때를 떠올리며, 산골 요법과 수술을 동일시하고 있다. 이처럼 어머니가 오빠를 전적으로 믿고 의지했기에 '종교'라고 표현한 것이다.

출구 쪽 복도에서 초조하게 서성대고 있었다. 아이를 수술실에 홀로 들여보낸 젊은 엄마가 남편 어깨에 얼굴을 묻고 흐느끼고 있는가 하면 장정˚ 아들을 수술실로 들여보낸 노모가 염주˚를 세며 염불˚을 외고 있기도 했다. 가족들의 그런 초조한 심정을 위한 배려로 가끔 간호원이 나와서 벽에 붙은 환자 명단에다 숫자를 기입하고 들어갔다. 숫자는 수술이 끝난 환자가 회복실로 옮겨진 시간을 의미했다. 회복실로 옮겨진 지 한 시간가량이 되면 대개 환자가 실려 나왔다. 환자가 실려 나올 때마다 가족들은 덮어놓고 몰려가서 확인하려 들었다.

  수술실 문이 열리고, 아직 수술복인 채인 의사가 눈만 반짝거리는 커다란 마스크의 한쪽 끝을 천천히 귀에서 벗기면 입가엔 어려운 일을 성공적으로 끝낸 사람 특유의 만족스러운 피곤이 감돌고, 마침내 입을 열어 "안심하십시오. 수술은 성공적이었습니다" 하면 가족들이 혹은 우러러보기도 하고, 혹은 머리를 조아리기도 하면서 감격과 감사의 눈물을 흘리는 광경은 출구 쪽에서도 일어나지 않았다. 입구는 환자를 받아들이고 출구는 환자를 토해 내고 가족은 전송하고 마중할 뿐이었다.

  나붙은 명단엔 성별과 연령도 기입돼 있었다. 86세, 어머니가 최고령이었다. 그다음 고령이 57세란 걸로 86세의 수술이 심

장정(壯丁) 나이가 젊고 기운이 좋은 남자.
염주(念珠) 불교에서 염불할 때에, 손으로 돌려 개수를 세거나 손목 또는 목에 거는 법구(法具).
염불(念佛) 불교에서 불경을 외는 일.

히 무모한 모험으로 여겨졌다. 아홉 시에 수술실로 들어간 어머니는 한 시가 지나서야 회복실로 옮겨졌다는 고지가 나붙고, 그다음은 감감무소식이었다. 출구가 열리고 환자가 실려 나올 때마다 나는 경박하게 놀라면서 달려가서 얼굴을 확인하곤 했다. 방정맞은 생각과 피곤과 공복으로 눈이 침침해져서 나는 아무 환자나 따라다니면서 오래 들여다보았다.

"고모도 참, 할머니가 뭐 주름살 성형 수술이라도 하고 나올 줄 아슈?"

이렇게 이죽댈 수 있는 조카들의 여유가 밉살스러웠지만 그 어느 때보다도 조카들이 믿음직스러운 것도 어쩔 수 없었다.

마침내 어머니가 실려 나왔다. 어머니도 우리를 알아보고 뭐라고 중얼거렸다. 틀니를 빼 버린 어머니의 발음은 가냘프고 불확실했다. 병원 마크가 붙은 홑이불이 어머니의 발가벗은 어깨를 미처 다 못 가리고 반쯤 드러내 주고 있었다. 나는 그런 무례를 참을 수 없어 홑이불을 끌어 올려 목만 내놓고 꼭꼭 여몄다. 링거 줄이랑 피 받아 내는 줄 때문에 홑이불이 여기저기 떠들썩한 건 어쩔 수 없었다. 벌거벗은 어머니는 홑이불 속에서 덜덜 떨고 있었다.

"추우세요?"

고지(告知) 게시나 글을 통하여 어떤 사실이나 소식을 알림.
이죽대다 이(기)죽거리다. 자꾸 밉살스럽게 지껄이며 짓궂게 빈정거리다.
떠들썩하다 잘 덮이거나 붙어 있지 않고 조금 틈이 벌어져 있다.

"아냐 그냥 저절로 떨린다."

그 소리를 알아들을 수 있는 게 신기해서 식구들이 우루루 모여들어 차례차례 어머니를 시험하려 들었다.

"할머니, 제가 누군지 아시겠어요?"

"석이 애비지 누군 누구야?"

"할머니, 할머니, 저는요?"

"석이 에미."

"저는 누구게요?"

"경아 애비."

시험을 무사히 통과한 어머니는 자랑스럽게 웃으면서 나를 쳐다보았다. 방금 수술실에서 나온 어머니의 이런 웃음은 나를 또다시 섬뜩하게 했다.

장정 둘이서 미는 바퀴 달린 침대는 긴 복도를 신속하게 통과해서 엘리베이터 앞에 멎었다. 그러니까 우린 경망스럽게도 이런 시험을 바퀴 달린 침대를 겅정겅정 따라가면서 치른 것이다. 더 경망스러운 것은 그런 간단한 시험으로 우린 어머니의 수술이 성공적이었다고 믿어 버린 것이다. 엘리베이터 속에서 우린 벌써 어머니에 대해 무관심했다.

"아아, 피곤하다. 오늘 저녁엔 다리 뻗고 자야지."

"점심을 얼렁뚱땅 걸렀더니 속이 쓰린데, 병원 식당 설렁탕 먹을 만합디까, 형?"

"오늘 저녁은 누가 병원에서 잘 차례지?"

"야아, 차례 따질 거 없다. 아무리 저러서도 마취 깨면 오늘 밤 지내시기 안 힘들겠니? 내가 모시고 샐 테니 느이들은 집에 가서 푹 쉬렴."

"그래요, 그러는 게 좋겠어요. 고모. 그럼 오늘 저녁은 고모가 수고 좀 해 주세요. 내일 일찌거니 석이 엄마 보내서 교대해 드릴게요."

"우리 할머니 강단˙ 센 건 하여튼 알아줘야 돼. 구십 고령에 그런 대수술을 치르시고도 정신이 저렇게 말짱하실 수가 있으니……."

"못된 것들, 그럼 할머니가 못 깨어나셨으면 느이들 속이 시원했겠구나. 회복실에서 얼마나 오래 걸렸게 그러니? 난 꼭 뭔 일 당하는 줄 알고 얼마나 마음을 조였게 그러니? 사람마다 나이는 못 속여. 남들은 회복실에서 한 시간도 안 걸리는데 할머니는 세 시간을 넘어 걸렸잖니?"

"아니다. 야아, 나도 금세 깨어났어. 깨어나서 아이들 있는 데로 데려다 달라고 아무리 악을 써도 누가 거들떠나 봐야지. 떨리긴 또 왜 그렇게 떨리는지 추워 죽겠다고 애걸을 해도 소용이 없고 정신은 났는데도 목소리는 속에서 끌어 잡아당기는 것처럼 잘 안 나오긴 하더라만 거기 사람들도 너무 무심한 것 같더라."

강단(剛斷) 굳세고 꿋꿋하게 견디어 내는 힘.

우리끼리 수군대는 소리에 어머니는 이렇게 긴소리로 참견까지 하셨다. 우린 서로 눈짓만 했다. 우리의 눈짓에는 구십 노인의 수술의 성공을 재확인하고 경탄하는 뜻에다 노인의 지나친 강단을 비웃는 뜻까지 포함돼 있었다.

병실에 돌아오자 우린 더욱 말이 많아지고 어머니는 말끝마다 참견을 하려 드셨다. 나도 어머니의 강단이 지겨운 생각이 나서 간간이 핀잔까지 주기 시작했다. 틀니를 빼놓았기 때문에 발음이 헛소리처럼 불확실한 걸 알아듣기도 피곤했지만 무엇보다도 조카들이나 조카며느리들 보기가 면구스러웠다. 엄살로라도 대수술 후의 빈사 상태를 가장했으면 좀 좋으랴 싶었다. 참다 못해 나는 조카들을 일찌거니 집으로 쫓아 보냈다.

"얘들아, 어서 가 보렴. 할머니보다 느이들이 더 피곤해 뵌다. 뭣 좀 배불리 먹고 일찌거니 자거라. 할머니도 느이들이 가야 잠을 좀 주무시지 않겠니? 다 나으신 줄 알고 저러시지만 노인네 일인데 무슨 변사를 부릴지 아니? 조심조심 아무쪼록 어려운 고비를 잘 넘겨야지."

조카들을 보낸 후에도 어머니는 쉬지 않고 무슨 소리든지 하려 들었다. 귀담아듣지 않으면 소의 되새김질 같은 입놀림으로

경탄하다(驚歎/驚嘆 --) 몹시 놀라며 감탄하다.
면구스럽다(面 ----) 남을 마주 대하기에 부끄러운 데가 있다.
빈사(瀕死) 반죽음. 거의 죽게 됨. 또는 그런 상태.
변사(變詐) 1. 변덕스럽게 이랬다저랬다 함. 2. 병세가 갑자기 달라짐. 여기에서는 2의 의미로 쓰임.

만 보였다. 나는 점점 더 어머니의 지칠 줄 모르는 근력이 짜증스러워지기 시작했다.

밤에 홍 박사가 수련의들을 거느리고 병실에 들렀다. 회진 시간이 아닌데 들른 걸 보면 그날 수술한 환자만을 특별히 한 번씩 돌아보는 모양이었다. 그러나 회진 때와 마찬가지로 일진의 질풍처럼 순식간에 몰려왔다가 순식간에 몰려갔다. 회진은 늘 질풍이었고 복도에서 마주치는 의사 개개인의 걸음걸이나 행동도 마찬가지였다. 그들은 어디에고 머물기를 꺼리는 바람처럼 신속하고 정 없이 스쳐 갔다.

나는 홍 박사에게 최고의 치사(致謝)의 말을 준비하고 있었지만 이루지 못했다. 그건 정중하고 은밀하고 약간 더듬거리는 것이어야 하거늘 그러기엔 너무 기회가 빨리 지나가고 말았다. 나는 허둥지둥 복도까지 쫓아가서 수고했다는 상투적이고도 경박한 인사말을 중얼거리고 수술 경과에 대해 물었다.

"잘됐어요. 크게 염려 안 해도 될 겁니다. 워낙 고령이니까 간병에 신경은 좀 쓰셔야죠."

그에게서 처음으로 긴 말을 들은 게 황송해서 더 묻진 못했지만 미진했다.

일진(一陣) 한바탕 몰아치거나 몰려오는 구름이나 바람 따위.
질풍(疾風) 몹시 빠르고 거세게 부는 바람.
치사(致謝) 고맙고 감사하다는 뜻을 표시함.
간병(看病) 아프거나 다친 사람을 곁에서 보살피며 시중들어 줌.
미진하다(未盡--) 아직 목표한 바에 이르지 못해 부족하다.

어머니는 여전히 중얼거렸다. 수련의들과 간호원이 자주 드나들며 환자의 상태를 체크하고 몸에 매달린 여러 개의 줄을 점검했다. 내가 밤 동안 보살피고 기록해 놓을 것에 대해서도 지시를 받았다. 내가 할 일은 자주 기침을 시켜 가래를 뱉게 할 것, 링거가 다 되기 전에 알릴 것, 소변량의 체크, 수술 자리에서 흐르는 피를 흡입하는 비닐 팩이 다 차면 알릴 것 등이었다.

나는 홍 박사에게 속 시원히 못 물어본 걸 그들에게 꼬치꼬치 물으려 들었지만 그들은 한결같이 대체로 정상이라는 소견˚에다 워낙 고령이시니까라는 주(註)˚를 달기를 잊지 않았다. 하긴 고령이라는 건 이상도 병도 아닌 주일 뿐이었다.

어머니는 기운이 없다는 핑계로 기침을 하지 않으려 했다. 그러다가도 가래가 괴면 목에 경련을 일으키며 괴로워해서 나를 깜짝깜짝 놀라게 했다. 가래를 삼키면 폐렴을 일으킬 수도 있다고 아무리 일러도 소용이 없었다. 그러면서도 쉬지 않고 무슨 말인지 웅얼거렸다. 기력이 쇠진해서 사람의 육성 같지가 않고 미풍이 가랑잎 흔드는 소리가 났다.

"제발 좀 눈 감고 잠을 청하세요."

나는 짜증을 내면서 어머니를 구박했다. 어머니가 원망스러운 듯이 눈을 크게 뜨고 나를 쳐다보았다. 오싹하도록 푸른 기

소견(所見) 어떤 일이나 사물을 살펴보고 가지게 된 생각이나 의견.
주(註/注) 어려운 말이나 글의 어떤 부분에 대하여 이해를 돕고자, 그 뜻을 자세히 풀어 주거나 보충 설명을 더하여 주는 글이나 말.

가 도는 눈이었다.

"불을 끌까요?"

나는 떨리는 소리로 말했다.

"싫어, 싫어."

어머니가 도리질을 했다.

"그럼 제가 눈을 감겨 드릴게요. 마음을 편안히 가지시고 잠을 청해 보세요."

나는 한 손으로 어머니의 손을 잡고 한 손으로 어머니의 눈꺼풀을 지그시 눌러 감겼다. 어머니는 잠시를 못 견디고 나를 뿌리쳤다.

"수술 자리가 아프셔서 그렇죠? 오늘 밤만 잘 넘기면 내일부턴 한결 수월해질 거예요. 정 몹시 아프시면 말씀하세요. 진통제를 놓아 달라고 그래 볼 테니까요."

"아니, 하나도 안 아파. 잠이 안 와서 그래."

"그럼 수면제를 달래 볼게요."

간호원실에 가서 그런 얘기를 했더니 알았으니 가 있으라고 했다. 잠시 후에 인턴이 작은 알약을 한 알 갖다주면서 될 수 있으면 실내를 어둡게 해 드리는 게 좋을 것 같다고 했다. 알약을 들게 한 후 보조 침대 옆에 붙은 희미한 벽등 하나만 남기고 불을 껐다. 이번에는 어머니도 저항하지 않았다. 약효가 곧 나타

도리질 도리머리. 싫다거나 아니라는 뜻으로 머리를 좌우로 흔드는 행동.

나려니 안심하는 마음은 간사스럽게도 당장 참을 수 없는 잠을 몰고 왔다. 나는 잠깐만 눈을 붙일 양으로 반나마 남아 있는 링거병과 아직은 반도 차지 않은 소변 통과 피 받는 통을 확인하고 나서 침대에 쓰러졌다.

얼마나 잤는지 몹시 술렁이는 기미에 퍼뜩 깨어났다. 병실은 소리 없이 술렁이고 있었다. 어머니가 두 손으로 허공을 휘젓고 있었던 것이다. 그러나 무작정 휘젓는 헛손질하곤 달라 보였다. 열심히 무슨 일인가를 하고 있는 것처럼 신중하고도 규칙적이었다. 나는 찬물을 뒤집어쓴 것처럼 잠이 달아나 버린 것을 느끼며 화들짝 몸을 솟구쳐 우선 불 먼저 켰다. 어머니는 얼굴을 잠깐 찌푸렸지만 두 손으로 하던 일만은 멈추지 않았다.

"엄마, 뭐 해?"

나도 모르게 어릴 때의 말투로 물었다.

"보면 모르냐? 빨래를 했으면 웃도리는 웃도리, 빤쓰는 빤쓰, 양말은 양말끼리 개켜 놔야지 한데 쑤셔 박아 놓으면 쓰냐?"

어머니의 목소리는 힘차고 또렷했다.

"빨래라뇨? 좀 주무시지 않고······."

"이걸 이 모양으로 늘어놓고 잠이 와? 못된 것들."

어머니가 쨍하는 쇳소리를 내면서 나를 쳐다보았다. 눈의 푸

기미(幾微/機微) 낌새. 느낌으로 알아차릴 수 있는, 일이나 상황의 되어 가는 형편.
개키다 개다. 옷이나 이부자리를 단정하게 포개어 접다.
쇳소리 쨍쨍 울릴 정도로 높고 날카로운 소리. 또는 그런 목소리.

른 기가 한층 깊어져서 귀기(鬼氣)가 감돌았다. 나는 불현듯 도망가 구원을 청하고 싶은 충동을 느꼈다. 어머니의 손놀림은 허공에서 분주하게 빨래를 분류하고 개키고 있었고, 전체적으로 기세가 등등했다. 하루 전부터의 금식, 관장, 마취, 대수술 끝에 느닷없이 그런 기운이 솟다니. 나는 놀랍다기보다는 다리가 후들댈 만큼 겁부터 났다. 이때 간호원이 들어왔다.

"어머니가 좀 이상하세요. 들입다 헛손질을 하시고 헛것도 보이시는 모양이에요."

"마취 끝에 더러 그런 환자들도 있어요. 차차 나아지겠죠."

간호원은 심드렁하게 말하고 체온과 맥박을 체크하고 나가 버렸다. 나는 따라 나가서 어머니가 주무시게 해 달라고 졸랐다.

"아까도 그러셔서 약을 드렸잖아요?"

"그 약이 안 듣잖아요. 참 그 약 잡숫고 더하신 것 같아요. 맞았어요. 그 약을 드시기 전엔 잠은 못 주무셔도 헛것을 보시진 않았어요. 어떡하면 좋죠?"

"그럴 리는 없지만, 혹 그 약의 부작용이라고 해도 별일은 없을 테니까 안심하세요. 임상 시험 결과 가장 부작용이 없는 걸로 알려진 신경 안정제를 투약했을 뿐이니까요."

귀기(鬼氣) 귀신이 나타날 것 같은 무시무시한 기운.
관장(灌腸) 약물을 항문으로 넣어서 장에 들어가게 하는 일. 대변을 보게 하는 것이 주목적이다.
심드렁하다 마음에 탐탁하지 아니하여서 관심이 거의 없다.
임상 시험(臨床試驗) 약물 등의 안정성을 시험하기 위해 직접 환자를 대상으로 백신이나 약 등을 실험하는 것.

"이것보다 더 큰 별일이 어디 있어요. 우리 어머닌 지금 제정신이 아니라니까요."

"차차 나아지실 거예요."

"그까짓 신경 안정제 말고 수면제를 주든지 주사를 놓아 주든지 하세요."

"그럴 순 없어요."

"아니, 이 큰 병원에서, 별의별 수술을 다 하는 대종합병원에서 그래 잠 못 자 고생하는 환자 잠도 못 재워 준대서야 말이 돼요."

"환자를 위하는 일은 우리가 더 잘 알아서 하고 있으니 가족들은 협조를 해 주셔야지 덮어놓고 이렇게 떼를 쓰시면 어떡해요?"

간호원이 휙 돌아서면서 쏘아붙였다. 나는 무안하고 노여워서 다시는 네 따위에게 애걸을 하나 봐라, 중얼중얼 뇌까리며 돌아왔다.

아직도 빨래를 덜 개켰는지 허공에서 규칙적인 손놀림을 계속하고 있던 어머니의 손이 별안간 나를 향해 두 손바닥을 보이며 방어의 자세를 취했다. 푸른 귀기가 돌던 두 눈이 극단적인 공포로 튀어나올 듯이 확대됐다.

무안하다(無顔--) 당혹스럽거나 겸연쩍어서 낯을 바로 보기 어렵다.
뇌까리다 불쾌하다고 생각되는 상대편의 말이나 행동, 태도 등에 대하여 불쾌하다는 뜻을 담은 말을 거듭해서 자꾸 말하다.

"왜 그래, 엄마!"

나는 덩달아 무서움에 떨며 어머니한테로 달려갔다. 어머니의 팔이 내 목을 감으며 용을 쓰는 바람에 나는 숨이 칵 막혔다. 굉장한 힘이었다. 숨이 막혀 허덕이는 나의 귓전에 어머니는 지옥의 목소리처럼 공포에 질린 소리로 속삭였다.

"그놈이 또 왔다. 하느님 맙소사, 그놈이 또 왔어."

어머니는 아직도 한 손으론 방어의 태세를 취한 채 문 쪽을 보고 있었다. 나는 혹시 내 뒤에 누가 따라 들어왔는가 해서 돌아다보았지만 아무도 없었다. 순간 머리끝이 쭈뼛했다.

"엄마!"

무서움증이 큰 힘이 되어 나는 어머니의 팔에서 벗어났다. 어머니는 악귀처럼 무서운 형상을 하고 와들와들 떨면서 문 쪽을 보고 있었다. 문 쪽엔 아무도 없었지만 어머니는 혼신의 힘으로 누군가와 대결을 하고 있었다. 순간 나는 저승의 사자가 어머니를 데리러 와 거기 버티고 서 있는 게 어머니에게만 보일지도 모른다는 생각이 들었다. 그러니 누구한테 구원을 요청할 가망도 없었다. 여든여섯의 노인의 병실을 저승의 사자가 넘보는 건 당연했다. 오늘의 수술 환자 중에서뿐 아니라 이 거대한 종합병원에 입원한 모든 환자 중에서도 어머니는 최고령일지도 모른다. 그만큼 분별이 있는 저승의 사자라면 앙탈을 해 봤댔자일

용 (주로 '용을 쓰다'의 구성으로 쓰여) 한꺼번에 모아서 내는 센 힘.

것 같았다. 나는 이미 저승의 사자한테 어머니를 내줄 각오를 하고 있었다. 여든여섯이면 누가 감히 천수를 못 누렸다 하랴. 다만 몸에 큰 칼자국을 내고 거기서 나는 선혈이 아직 마르기도 전에 끌고 가려는 게 괘씸하지만 세상의 죽음치고 그 정도의 여한도 자식에게 안 남기는 죽음이 어디 있으랴. 각오는 하고 있으니 제발 네 모습을 어머니에게 보이지만 말게 해 다오. 백 살을 살다 죽어도 죽기는 싫은 게 인간의 상정이라면 생의 마지막 순간까지도 네 모습만은 드러내지 않는 게 저승의 사자 된 도리요, 유일한 자비가 아니더냐. 사라져라. 제발. 훠이 훠이.

나는 어머니의 참혹한 공포를 차마 눈 뜨고 볼 수 없어 이렇게 속으로 부르짖었다. 그놈이 내 눈에까지 보이는 일이 일어날까 봐 더더욱 겁이 났다. 그러나 그는 사라지기는커녕 다가오고 있음이 분명했다. 어머니의 부릅뜬 눈동자의 초점거리가 그걸 말해 주고 있었다. 맙소사 나 혼자 어머니의 임종을 지키게 되다니.

"그놈 또 왔다. 뭘 하고 있냐? 느이 오래빌 숨겨야지, 어서."

"엄마, 제발 이러시지 좀 마세요. 오빠가 어디 있다고 숨겨요?"

천수(天壽) 천명(天命). 타고난 수명.
선혈(鮮血) 갓 흘러나온 붉고 신선한 피.
여한(餘恨) 풀지 못하고 남은 원한.
상정(常情) 사람에게 공통적으로 있는 보통의 인정.
임종(臨終) 부모가 돌아가실 때 그 곁을 지키고 있음.

"그럼 느이 오래빌 벌써 잡아갔냐."

"엄마, 제발."

어머니의 손이 사방을 더듬었다. 그러다가 붕대 감긴 자기의 다리에 손이 닿자 날카롭게 속삭였다.

"가엾은 내 새끼 여기 있었구나. 꼼짝 마라. 다 내가 당할 테니."

어머니의 떨리는 손이 다리를 감싸는 시늉을 했다. 그때부터 어머니의 다리는 어머니의 아들이었다. 어머니는 온몸으로 그 다리를 엄호하면서 어머니의 적을 노려보았다. 어머니의 적은 저승의 사자가 아니었다.

"군관 동무, 군관 선생님, 우리 집엔 여자들만 산다니까요."

어머니의 눈의 푸른 기가 애처롭게 흔들리면서 입가에 비굴한 웃음이 감돌았다. 나는 어머니가 환각으로 보고 있는 게 무엇이라는 걸 알아차렸다. 가엾은 어머니, 차라리 저승의 사자를 보시는 게 나았을 것을…….

어머니는 그 다리를 어디다 숨기려는지 몸부림쳤다. 그러나 어머니의 다리는 요지부동이었다.

엄호하다(掩護--) 덮거나 가려서 보호해 주다.
군관(軍官) 소위부터 대좌까지의 계급을 가진 군인을 뜻하는 북한어.
비굴하다(卑屈--) 용기나 줏대가 없이 남에게 굽히기 쉽다.
환각(幻覺) 외부 사실이나 자극이 실제로는 없는데도 마치 어떤 사물이나 자극이 있는 것처럼 느끼는 감각.
요지부동(搖之不動) 흔들어도 꼼짝하지 아니함.

엄마의 말뚝 2

"군관 나으리, 우리 집엔 여자들만 산다니까요. 찾아보실 것도 없다니까요. 군관 나으리."

그러나 절체절명˙의 위기가 어머니에게 육박해˙ 오고 있음을 난들 어쩌랴. 공포와 아직도 한 가닥 기대를 건 비굴이 어머니의 얼굴을 뒤죽박죽으로 일그러뜨리고 이마에선 구슬 같은 땀이 송글송글 솟아오르고 다리를 감싼 손과 앙상한 어깨는 사시나무 떨듯 떨고 있었다.

가엾은 어머니, 하늘도 무심하시지, 차라리 죽게 하시지, 그 몹쓸 일을 두 번 겪게 하시다니…….

"어머니, 어머니, 이러시지 말고 제발 정신 차리세요."

나는 어머니의 어깨를 흔들면서 울부짖었다. 어머니는 어디서 그런 힘이 솟는지 나를 검부러기˙처럼 가볍게 털어 내면서 격렬하게 몸부림쳤다.

"안 된다. 안 돼. 이노옴. 안 돼. 너도 사람이냐? 이노옴, 이노옴."

나는 벽까지 떠다밀린 채 와들와들 떨면서 점점 심해 가는 어머니의 광란을 지켜볼 수밖에 없었다. 어머니의 몸에서 수술한 다리만 빼고는 온몸이 노한 파도처럼 출렁였다. 그래서 더욱 그

절체절명(絶體絶命) 몸도 목숨도 다 되었다는 뜻으로, 어찌할 수 없는 몹시 위태롭거나 절박한 경우를 비유적으로 이르는 말.
육박하다(肉薄--) 바싹 가까이 다가붙다.
검부러기 마른 풀이나 낙엽 따위의 부스러기.

다리는 어머니의 몸이 아닌 이물질처럼 괴기스러워 보였다. 어머니의 그 다리와 아들과의 동일시가 나한테까지 옮아 붙은 것처럼 나는 그 다리가 무서웠다.

"안 된다, 이노옴"이라는 호통과 "군관 나으리, 군관 선생님, 군관 동무"라는 아부를 번갈아 하며 몸부림치는 서슬에 마침내 링거 줄이 주삿바늘에서 빠져 버렸다. 혈관에 꽂힌 채인 주삿바늘을 통해 피가 역류(逆流)해 환자복과 시트를 점점 물들였다. 피를 보자 어머니의 광란은 극에 달했다.

"이노옴, 게 섰거라. 이노옴, 나도 죽이고 가거라, 이노옴."

어머니는 눈물이 범벅된 얼굴로 이를 갈았다. 틀니를 빼놓아 잇몸만으로 이를 가는 시늉을 하는 게 얼마나 처참한 것인지 나 말고 누가 또 본 사람이 있을까. 이게 꿈이었으면, 꿈이었으면, 어머니는 이 세상 소리가 아닌 기성을 지르며 머리카락을 부득부득 쥐어뜯다가 오줌을 받아 내는 호스도 다 뜯어 버렸다. 피 비린내가 내 정신을 혼미케 했다. 퍼뜩 정신이 나서 구원을 청하려 나가려는데 어머니의 기성이 바깥까지 들렸던지 간호원이 뛰어왔다. 뒤미처 나이 지긋한 수간호원도 달려왔다. 어머니의 몸에 부착시켰던 의료 기구들을 원상 복구시키기 위해선 여러 사람의 힘이 필요했다. 어머니는 힘이 장사였다. 내가 수간

역류하다(逆流--) 물이나 기타 액체가 거꾸로 흐르다.
기성(奇聲) 기이한 소리.

호원과 다른 간호원과 함께 어머니를 힘껏 찍어 누르는 동안 담당 간호원이 어머니가 뽑아낸 것들을 다시 삽입했다. 링거는 숫제 발등으로 옮겨 꽂았다.

"세상에 이런 일도 있습니까?"

나는 수간호원에게 원망스럽게 말했다.

"너무 심려 마세요. 흔하진 않지만 이런 특이 체질이 아주 드문 것도 아니니까요. 곧 나아지실 겁니다."

수간호원이 이렇게 나를 위로했다. 어머니의 악몽이 특이 체질 탓이라구? 하긴 타인의 꿈에 대해 누가 감히 안다고 할 수 있으랴?

이제 "너 죽고 나 죽자"는 발악으로 변한 어머니의 몸부림은 지칠 줄 몰랐다. 수간호원이 간호원에게 지시해서 침대 양쪽 난간을 올리고 끈을 가져다가 어머니의 사지를 꽁꽁 묶게 했다.

"따님 된 마음에 좀 안됐다 싶으셔도 참으세요. 이런 경우는 이 수밖에 없으니까요. 이제 안심하고 눈 좀 붙이세요. 지레 병나시겠어요. 곧 정상으로 돌아오실 테니 염려 마시고……."

그들은 어머니를 묶어 놓고 나를 위로하고 병실을 나갔다. 나는 지칠 대로 지쳐서 신 신은 채 보조 침대에 상반신을 꺾었다. 그러나 웬걸, 원한 맺힌 맹수처럼 으르렁대던 어머니가 에잇 하

심려(心慮) 마음속으로 걱정함. 또는 그런 걱정.
발악(發惡) 앞뒤를 분별하여 따지지 않고 모질게 기를 쓰거나 소리를 지름.
지레 어떤 일이 일어나기 전 또는 어떤 기회나 때가 무르익기 전에 미리.

고 한 번 기합을 넣자 사지를 묶은 끈은 우지직 끊어지기도 하고 혹은 풀리기도 했다. 어머니는 다시 길길이 뛰기 시작했다. 참으로 불가사의한˚ 괴력이었다. 목소리도 뜻이 통하는 말이 아니라 원한의 울부짖음과 독한 악담이 섞인 소름 끼치는 기성이었다. 조금도 과장 없이 간장˚을 도려내는 아픔과 함께 내 속에서도 불가사의한 괴력이 솟았다. 나는 이를 악물고 어머니에게로 돌진했다. 다시는 아무의 도움도 청하지 않고 어머니와 맞서리라 마음먹었다. 이건 아무의 도움도 간섭도 필요 없는 우리 모녀만의 것이다.✼

나는 어머니를 힘껏 찍어 눌렀다. 온몸으로 타고 앉다시피 했다. 어머니의 경련처럼 괴로운 출렁임이 고스란히 전해 왔다. 조금이라도 마음이 움직이거나 약해져선 안 된다고 생각했다. 그렇게 되면 어머니가 나를 타고 앉게 될지도 모른다. 내가 아무리 전심전력으로 대결해도 어머니의 힘과는 막상막하여서 내 힘이 위태로워질 때마다 나는 어머니의 뺨을 쳤다.

"엄마, 정신 차려요. 엄마, 정신 차려요."

처음으로 엄마의 뺨을 치고 나는 내 손이 저지른 패륜˚에 경악

불가사의하다(不可思議--) 사람의 생각으로는 미루어 헤아릴 수 없이 이상하고 야릇하다.
간장(肝腸) 1. 간과 창자. 2. '애(초조한 마음속)'나 '마음'을 비유적으로 이르는 말.
✼ 이건 아무의 도움도 ~ 우리 모녀만의 것이다 믿을 수 없는 어머니의 괴력과 기성은 비극적이었던 과거로 돌아간 어머니가 그동안 마음에 품어 왔던 분노와 한을 토해 낸 것으로 볼 수 있다. '나'는 어머니와 함께 그 현장에 있었으므로 어머니의 고통과 분노에 공감한다. 그러므로 어머니의 고통과 대면할 사람은 자신뿐이며, '우리 모녀'만이 이 문제를 해결할 수 있다고 여기는 것이다.
패륜(悖倫) 인간으로서 마땅히 하여야 할 도리에 어그러짐.

해서 두 번째는 더욱 세차게 때렸고, 어머니의 뺨에 솟아오른 내 손자국을 보고 이것은 악몽 속 아니면 지옥일 거라는 일종의 비현실감이 패륜에 패륜을 서슴없이 보태게 했다. 어머니의 힘도 무서웠지만 더 무서운 건 어머니의 얼굴이었다. 그건 내 어머니의 얼굴이 아니었다. 이제 나는 어머니와 싸우고 있는 게 아니라 내 나름의 공포와 싸우고 있었다.

나는 어머니를 사랑했고 내가 사랑한 것 중엔 물론 어머니의 얼굴도 포함돼 있었다. 어머니는 늙어 갈수록 아름다운 분이었다. 그건 드물고도 귀한 일이 아닐 수 없었다. 그런 아름다움은 어머니가 말년에 믿게 된 부처님과도 깊은 관계가 있을 것 같았다. 어머니는 부처님을 믿는 걸로 어머니가 당한 남다른 참척의 원한을 거의 극복한 것처럼 보였다. 뿐만 아니라 부처님을 닮은 곱고 자비롭고 천진한 얼굴로 늙어 가셨다. 비록 아들은 잃었으나 거기서 난 손자들을, 그의 짝들을, 거기서 난 증손자들을, 딸과 외손자들을 사랑하며, 그러나 결코 집착하진 않으시며 행복하게 늙어 가셨다. 누구보다도 화평하게 누구보다도 아름답게 거의 황홀하리만큼 아름답게 늙으신 어머니를 볼 때마다 나는 저분이야말로 참으로 보살(菩薩)이라고 숙연해지곤 했었다.

말년(末年) 일생의 마지막 무렵.
참척(慘慽) 자손이 부모나 조부모보다 먼저 죽는 일.
화평하다(和平--) 화목하고 평온하다.
보살(菩薩) 깨달음을 구하여 중생을 교화하려는, 대승 불교의 이상적 수행자상.

사람 속의 오지(奧地)는 아무 끝도 없고 한도 없는 거라지만 그런 어머니에게 그런 걱정이 숨겨져 있었을 줄이야. 내 어머니의 오지에 감춰진 게 선(善)과 평화와 사랑이 아니라 원한과 저주와 미움이었다는 건 정말 너무했다. 설사 인간이 속속들이 죄의 덩어리라고 하더라도 그건 너무했다.

악과 악의 대결처럼 살벌하고 무자비한 모녀의 힘의 대결에서 어머니가 패색을 보이기 시작했다. 나는 나의 손바닥 자국대로 선명하게 부풀어 오른 어머니의 뺨에 비로소 내 뺨을 비비며 소리 내어 통곡했다.

어머니가 그때 왜 현저동 꼭대기를 우리의 은신처로 생각했는지 모를 일이다. 그때 우린 그 동네의 가난으로부터 벗어나서 남부럽지 않게 산 지 오래되었지만 그때 우리가 처한 곤경은 참으로 억울하고 난처한 것이었다. 죽을 수도 살 수도 없는 곤경이었다. 그런 막다른 곤경이 엄마가 서울 와서 처음 말뚝 박은 동네를 고향 다음가는 신뢰감으로 의지하게 했는지도 모른다. 또 우리의 곤경의 특수성과도 관계가 있음 직하다. 그때의 우리 곤경은 6·25라는 커다란 민족적 비극 속의 한 작은 단위에 불

오지(奧地) 해안이나 도시에서 멀리 떨어진 내륙의 깊숙한 땅. 여기에서는 '마음속 깊은 곳'이라는 의미로 쓰임.
속속들이 깊은 속까지 샅샅이.
패색(敗色) 싸움에 질 기미.

과했지만 중산층이 모여 사는 점잖은 동네의 인심의 간사함, 표리부동성과도 불가분의 관계가 있었다. 오빠가 의용군에 지원한 일만 해도 그랬다. 오빠는 해방 후 한때 좌익 운동에 가담했다가 전향한 적이 있는데 그것 때문에 남하를 못 하고 적 치하의 서울에 남은 걸 극도로 불안해했다. 이런 불안과 공포를 혼자 견디기엔 벅찼던지 비슷한 처지의 전향자들의 동태에 대해 몹시 알고 싶어 했다. 그가 어설프게 알아낸 바로는 어떡하든 남하를 하지 않았으면 다시 변신해 있는 것도 오빠를 새로운 불안에 빠뜨렸다.

 그 요란한 포성보다 서울을 사수할 것이라는 방송만 믿고 피란의 기회를 놓친 자신의 고지식함과 국민을 그렇게 기만하고 저희끼리만 달아나 버린 정부의 엄청난 무책임을 홀로 저주하고 분노했다. 그렇다고 새로운 변신을 꾀할 만큼 비루하지도 못했다. 그는 그가 기왕에 한 전향이, 잘못을 뒤늦게 깨닫고 신

표리부동성(表裏不同性) 마음이 음흉하고 불량하여 겉과 속이 다른 성질.
불가분(不可分) 나눌 수가 없음. '불가분의 관계'란 '떼려야 뗄 수 없는, 밀접한 관계'를 뜻함.
의용군(義勇軍) 국가나 사회의 위급 상황에서 민간인의 자발적 참여로 조직되는 군대. 여기에서는 6·25 전쟁 시 북한의 정규군을 지원하기 위해 조직된 '인민의용군'을 의미한다.
좌익(左翼) 급진적 사상이나 노선. 일반적으로 사회주의나 공산주의 이념을 믿고 따르는 사람이나 단체를 이른다.
전향하다(轉向--) 본래의 사상이나 이념을 바꾸어서 그와 배치되는 사상이나 이념으로 돌리다.
남하(南下) 남쪽으로 내려감.
적 치하(敵治下) 적의 통치 아래. 여기에서는 6·25 전쟁 당시 북한군이 서울을 점령했던 90여 일 동안을 가리킨다.
동태(動態) 어떤 대상의 움직이거나 변하는 모습.
기만하다(欺瞞--) 남을 속여 넘기다.
비루하다(鄙陋--) 행동이나 성질이 너절하고 더럽다.

념과 용기를 가지고 한 것이었음에도 불구하고 전향이란 말 자체엔 늘 도덕적인 불쾌감을 가지고 있었다. 만약 그의 최초의 선택이 웬만큼만 잘못된 것이었더라도 그는 전향을 해서 잘못을 시정하느니 차라리 최초의 신념에 일관함으로써 자신과의 신의를 지키고자 했을 것이다.

그만큼 그는 지조를 최고의 이상으로 삼는 선비 기질을 간직하고 있었고, 그런 선비 기질이 목적을 위해 수단을 안 가리는 좌익 사상의 본심(本心)을 참을 수 없는 데서 그의 갈등은 불가피했다.

동란˚ 전의 한때 좌익 사상이 청소년들을 선동하는˚ 마력이 대단했을 적에도 내가 그 방면에 무관할 수 있었던 것은 오직 오빠 같은 사람이 여북해야˚ 전향을 했을까 하는 오빠의 고통스러운 경험에 대한 믿음 때문이었다.

살기 위한 방편으로서의 변신이란 생각조차 하기 싫은 그의 인품이기에 더욱더 국민을 듣기 좋은 말로 달래 적 치하에 팽개치고 저희끼리 뺑소니친 꼴이 된 정부에 대한 원망도 컸다. 원망과 불신, 불안, 그리고 고독으로 그는 날로 정신이 망가져 갔다. 이런 그가 이웃의 고발로 기습을 당해서 끌려가는 걸 가족들은 발을 동동 구르며 지켜볼 수밖에 없었는데 그 후 들려온

동란(動亂) 폭동, 전쟁 따위로 세상이 몹시 어지러워지는 일. 여기에서는 6·25 전쟁을 의미함.
선동하다(煽動--) 남을 부추기어 어떤 일이나 행동에 나서도록 하다.
여북하다 (사람이) 어떤 극한적 상황에서 그럴 수밖에 없을 것이다.

소식은 전혀 예상을 빗나간 것이었다. 인민재판에 회부돼서 당장 목숨을 잃었거나 모진 벌을 받고 있을 줄 알았는데 인민총궐기대회에서 제일 먼저 의용군을 지원해서 많은 젊은이들로 하여금 감격해서 동조케 했다는 소식이었다. 남은 식구들은 그저 그렇다니 그렇게 알밖에 보이지 않는 곳에서 어떤 농간이 그의 운명을 희롱하고 있는지 알아볼 도리는 없었다.

실상 운명의 희롱은 가족도 당하고 있었다. 전향자라고 지목해서 따돌리고 고발까지 한 이웃은 적 치하에서 대단한 세력을 누리고 있었는데 돌변해서 우리 식구들의 보호자 노릇을 해 주었다. 초기엔 그렇지도 않았지만 나중판으로 접어들수록 청장년이 있는 집치고 의용군으로 빼앗기지 않은 집 없다고 할 만큼 사람 수탈이 극심해져서 의용군 나갔다는 게 하등 특별 대우 받을 만한 일이 못 되었음에도 불구하고 식량 배급이다 뭐다 해서 우리는 특별한 혜택을 받고 있었다. 받고 보니 그 세력 부리는 이웃의 귀띔이 동인민위원회까지 작용했기 때문이었다. 우리는 이런 혜택을 받을 것인가를 망설이거나 취사선택할 경황도 기력도 없었다. 망연자실 목숨을 부지하는 게 고작이었는데, 목숨을 부지하기 위해 먹어야 한다는 건 선택의 여지가 없는 절대

회부되다(回附--) 사건이나 사람의 처리를 위해 회의나 재판에 돌려보내지거나 넘겨지다.
농간(弄奸) 남을 속이거나 남의 일을 그르치게 하려는 간사한 꾀.
하등(何等) '아무런' 또는 '얼마만큼'의 뜻을 나타내는 말.
망연자실(茫然自失) 멍하니 정신을 잃음.
부지하다(扶持/扶支--) (목숨이나 지위 따위를) 상당히 어렵게 버티어 지탱하다.

적인 조건이었다.

  남은 죽도 못 먹는데 보리밥이라도 아귀아귀 먹다가 문득 깜짝 놀라곤 했지만 그건 한 식구를 판 대가라는 생각 때문이었지 그게 옳지 못한 밥이라고 생각해선 아니었다.

"세상에 아무리 목구멍이 포도청이라지만, 그 아들이 어떤 아들이라고 그 아들 목숨하고 바꾼 밥뎅이가 걸리지도 않고 이리 술술 넘어가노……."

어머니도 느닷없이 수저를 놓으며 이런 탄식을 하면 했지 그 후유증을 우려하진 않았다.

  만 석 달 만에 세상이 바뀌자 우리는 이웃 인심의 극심한 박해를 받지 않으면 안 되었다. 빨갱이 집이라고 고발을 해서 청년당원들이 몽둥이와 총을 들고 달려들어 온 집 안을 들들 뒤지고 쓸 만한 기물을 파괴하고 만삭의 올케의 배를 몽둥이 끝으로 쿡쿡 찔러 보는 행패를 동네 사람들은 굿 구경하듯 신명까지 내면서 즐겼다. 우리는 그들이 겪은 석 달 동안의 고초를 위한 복수의 표적이 되어 어떤 재앙이 쏟아지든 다만 순종할밖에 없었다.

"여보슈, 백성들을 불구덩이에 버리고 도망간 사람은 누구유? 거기서 살아남은 죄로 죽여 줘도 난 원망 안 할 테니 그 사람 얼굴 좀 보고 그 죄나 한번 묻고 죽읍시다."

가끔 어머니가 통곡하며 이렇게 푸념을 해 봤댔자였다. 독종

만삭(滿朔) 아이 낳을 달이 다 참. 또는 달이 차서 배가 몹시 부름.

이니, 빨갱이 족속치고 말 못하는 빨갱이 없더라느니 하는 욕이나 먹는 게 고작이었다.

그 정도는 그래도 약과였다. 우리를 이용하고 비호해 주던 고위층 빨갱이를 우리가 감춰 두고 있다는 고발까지 당해 어머니와 올케, 나 세 식구가 따로따로 붙들려 가서 며칠씩 심문을 받고 나오기까지 했다. 그동안 어린 조카가 친척 집에서 받은 구박은 먼 훗날까지 우리 식구에게 깊은 상처로 남았다. 빨갱이라면 젖먹이 어린것까지도 덮어놓고 징그러워하고 꺼리던 때였다.

그런 중에 다시 전세가 기울어 후퇴가 시작되자 어머니는 우선 만삭의 며느리와 손자를 친정으로 보냈다. 어머니가 끝까지 남아 있으려는 건 오빠가 혹시 돌아올까 해서였던 건 말할 것도 없다. 의용군 갔다가 도망쳐 오는 젊은이도 꽤 있어서 기대를 걸어 볼 만했고 만약 도망을 못 치면 인민군이 돼서라도 돌아올 것만 어머니는 믿었다. 어머니에겐 아들이 살았느냐 죽었느냐가 문제지 빨갱이냐 흰둥이냐는 문제가 아니었다.

어느 날, 기적처럼 아니 흉몽처럼 오빠가 돌아왔다. 그렇게 믿고 기다리던 어머니까지도 감히 오빠를 반기지 못했다. 헐벗고 굶주려 몰골이 흉한 것까지는 예상한 대로였지만 그때 오빠는

족속(族屬) 같은 부류에 속하는 사람들을 낮잡아 이르는 말.
약과(藥果) 그만한 것이 다행임. 또는 그 정도는 아무것도 아님을 이르는 말.
비호하다(庇護--) 어떤 개인이나 집단을 편들어서 감싸 주고 보호하다.
전세(戰勢) 전쟁, 경기 따위의 형세나 형편.
흉몽(凶夢) 불길한 꿈.

이미 속속들이 망가져 있었다. 눈은 잠시도 한군데 머무르지 못하고 희번덕댔고, 심한 불면증으로 몸은 수척했고 피해망상으로 하루에도 몇 번씩 깜짝깜짝 놀라고 사람을 두려워했다. 가족들한테도 전혀 친밀감을 나타낼 줄 몰랐고 집에 없는 처자식을 궁금해하거나 보고 싶어 할 줄도 몰랐다. 그동안 무슨 일이 그를 그토록 망가뜨렸는지 알아낼 수는 없었다. 그는 문을 꼭 잠그고 그 안에서 두려움에 떠는 심약한 집 보는 어린이처럼 자기를 단단히 폐쇄하고 외부의 모든 것을 배척하려 하고 있었다.

설상가상으로 전세는 더욱 불리해져서 서울을 비우고 모든 사람들이 남쪽으로 남쪽으로 내려가야만 했다. 여름의 실수를 되풀이하지 않기 위해 정부는 미리미리부터 서울의 위기를 예고하고 피란의 편의를 봐주었고 시민 역시 다시 적 치하를 겪느니 죽는 게 낫다 싶은 비장한 각오로 남부여대 엄동설한에 집을 나섰다.

오빠의 다 망가진 정신도 피란에만은 적극적이었다. 어서 가자고 조바심이 대단했다. 오빠의 정신력 중에서 마지막까지 남아 있는 건 오로지 빨갱이를 피해야겠다는 생각 하나뿐이었다. 그 몸과 그 몰골로 탈출을 하고 격전지를 돌파할 수 있었던 것

희번덕대다 눈을 크게 뜨고 흰자위를 자꾸 번득이며 움직이다.
피해망상(被害妄想) 남이 자기에게 어떤 해를 입힌다는 생각에 늘 집착하는 일.
배척하다(排斥--) 따돌리거나 거부하여 밀어 내치다.
남부여대(男負女戴) '남자는 지고 여자는 인다'는 뜻으로, 가난한 사람들이나 재난을 당한 사람들이 살 곳을 찾아 이리저리 떠돌아다님을 비유적으로 이르는 말.

도 그 힘에 의하지 않고는 불가능했을 것이다.

그러나 오빠에겐 시민증˙이 없었다. 젊은 남자가 시민증 없인 피란은커녕 잠깐의 외출도 어려울 만큼 그 단속은 날로 심해졌다. 피란민 중에 패잔병˙이나 간첩이 섞여 있을 가능성 때문이었다. 시민증을 내기 위해선 우선 신청서에 이웃에 사는 두 사람의 보증을 받아야 하는데 아무도 오빠의 보증을 서 주려 들지 않았다. 어머니가 아무리 애걸해도 이웃 인심은 냉담했다.˙ 경찰서에 가서 직접 심사를 받고 시민증을 내는 절차를 밟으라는 거였다. 빨갱이가 아니면 그 절차를 겁낼 까닭이 없지 않겠느냐는 말은 지당했다. 오빠가 돌아오기 전 우리 세 식구가 시민증을 낼 때도 물론 이웃 사람들은 도장을 안 찍어 줘서 경찰서에 몇 번씩 불려 다니고 나서 맨 나중에 그걸 교부˙받을 수 있었으니까.

그러나 오빠의 경우는 그게 난처했다. 경찰서 소리만 해도 그는 안색이 단박 바래면서 덜덜 떨었다. 피란도 못 가고 생전 집 밖에 못 나가도 좋으니 경찰서에 제 발로 걸어 들어갈 순 없다는 거였다. 그러다가도 피란 갑시다, 앉아서 또 당할 순 없어요, 피란 갑시다, 이렇게 잠꼬대처럼 얼뜬˙ 소리로 중얼대면서 안절

시민증(市民證) 그 시에 사는 시민임을 증명하는 증서. 여기에서는 6·25 전쟁 이후 사회 질서를 유지하기 위해 서울시가 발행하였던 증서를 의미한다.
패잔병(敗殘兵) 싸움에 진 뒤에 살아남은 병사.
냉담하다(冷淡--) 태도나 마음씨가 동정심 없이 차갑다.
교부(交付/交附) 무엇인가를 내어 줌.
얼뜨다 다부지지 못하여 어수룩하고 얼빠진 데가 있다.

부절못했다. 그럼 이판사판이니 시민증 없이 그냥 피란길에 나서 보자고 하면 스파이로 몰려 누구 총살당하는 걸 보고 싶으냐고 그 초점 없는 눈을 희번덕댔다.

식구들을 이럴 수도 저럴 수도 없이 만들면서 오빠가 바라는 건 자기는 가만히 앉았고, 식구들이 무슨 수를 써서든지 그걸 입수해다 주는 거였다.

"어머니, 다 팔아요. 집이고 세간이고 다 팔면 그까짓 시민증 하나 못 살라구요. 그까짓 거 애꼈다 뭐 하려고 안 팔아요."

이런 터무니없는 응석으로 어머니의 피눈물을 흘리게 하는가 하면 나한테까지 못할 소리를 마구 해 댔다.

"야아, 너 빽* 있는 놈 하나 물어서 이 오빠 좀 살려 주면 안 되니? 누이 좋다는 게 뭐냐?"

이런 창피스러운 억지가 실은 오빠의 망가진 정신의 마지막 경련이었다. 서울을 포기하겠으니 남은 시민들은 질서 있게 피란을 하라는 마지막 후퇴령이 내린 날, 우리 세 식구도 피란짐을 이고 지고 덮어놓고 집을 나섰다. 그래도 혹시나 하고 끝까지 남아 있다가 그제서야 떠나는 이웃도 있어 그들에게나마 우리도 피란을 가는 것을 보여 주지 않으면 훗날 또다시 빨갱이로 몰릴까 봐 겁도 났지만 그 집에서 또다시 빨갱이 세상을 맞기는 더

---

* 빽(back) '백 그라운드(Back Ground)'를 가리키는 말로, 뒤에서 받쳐 주는 세력이나 사람을 속되게 이르는 말.

무서웠다. 의용군에서 도망친 건 보통 전향하곤 달라서 극형까지도 각오해야 될 것 같았다. 그때 우리 식구의 사고나 행동은 오로지 빨갱이냐 아니냐 하는 문제에 의해 지배당하고 있었다.

노도처럼 남으로 밀리는 피란 행렬에 끼었으면서도 검문을 피하느라 도심을 몇 바퀴 배회한 데 지나지 않았고, 오빠는 검문이 있을 만한 곳을 더듬이처럼 예민한 감촉으로 예감하고 재빠르게 피하는 능력 빼고는 아무런 생각도 의지도 없는 폐인처럼 돼 있었다. 나는 이런 오빠가 짐스러운 나머지 혼자 도망칠 기회만 엿보고 있었다. 그때 어머니가 말했다.

"얘들아, 우리 현저동으로 가자꾸나."

어머니로부터 현저동 소리를 듣자, 나는 마치 오랜 방탕 끝에 고향으로 돌아가기로 결심한 탕아처럼 겸손하고 유순해졌다. 번들거리는 불안한 빛을 빼면 텅 빈 오빠의 눈에도 일순 기쁨 같은 게 어렸다.

"그 처녑 속처럼 구질구질한 동네는 우리가 숨어 지내기 알

극형(極刑) 가장 무거운 형벌이라는 뜻으로, '사형(死刑)'을 이르는 말.
노도(怒濤) 1. 무섭게 밀려오는 큰 파도. 2. 어떤 무리들이 무서운 기세로 달려 나가는 모습을 비유적으로 이르는 말.
검문(檢問) 범법자로 의심이 가는 사람을 조사하고 따져 물음.
탕아(蕩兒) 술, 성적 쾌락, 노름 따위에 과도하게 빠져 행실이 좋지 못한 사나이.
✽ 어머니로부터 현저동 소리를 듣자, ~ 일순 기쁨 같은 게 어렸다 피란을 가지 못하는 절박한 상황에서 순간적으로나마 '나'가 유순해지고 오빠도 기뻐하는 것은 '현저동'이 '나'의 가족이 서울에 올라와 처음으로 터전을 마련했던, 힘들수록 돌아가고 싶은 고향과 같은 곳이기 때문이다. 그래서 '나'와 오빠는 현저동으로 가자는 어머니의 말에 심리적 안정감을 느끼는 것이다.
처녑 소나 양 등 되새김질을 하는 동물의 셋째 위(胃)로, 얇은 주름으로 되어 있다. 여기에서는 그러한 처녑의 모양처럼 구불구불한 골목을 빗대어 표현한 것이다.

맞을 거다."

 어머니는 이제 마음이 놓이는지 편안한 목소리로 이렇게 덧붙였다. 처녑 속처럼 구질구질하다는 어머니의 표현이 경멸보다는 그리움으로 다가오고 있었다.

 "그 동네도 텅 비었겠지. 아무 집에서나 숨어 지내다가 우리 국군이 돌아오거든 우리 집으로 가자꾸나. 내 생전에 이렇게 사람이 무서워 보기도 처음인가 보다. 내 마음이 고약한지 세상 인심이 고약한지. 그렇지만 그 동네 사람은 한두 사람 만난대도 덜 무서울 것 같다. 워낙 진국들이니까."

 내로라고 뽐내는 사람들의 인심에 초개처럼 농락당하고 상처받은 우리는 처음 서울 와서 가장 고난의 시절을 보냈던 빈촌에 아직도 남아 있는 고전적인 가난과 진국스러운 인심을 생각하고 마치 구원의 실마리를 찾아낸 것처럼 마음이 밝아지고 있었다. 오빠의 망가진 정신이 어쩌면 치유될지 모른다는 희망까지 생겼다. 우리는 마치 귀향처럼 아니, 크고 너그러운 품으로의 귀의(歸依)처럼 조용한 희열에 넘쳐 허위단심 현저동 꼭대기를 기어올랐다. 골목마다 낯익고 정다워서 우리를 감싸 안는 듯했다. 작전상 후퇴의 마지막 날 저녁나절이라 동네는 움직이는

진국(眞 -) 거짓이 없이 참된 것. 또는 그런 사람.
초개(草芥) 1. 풀과 티끌을 아울러 이르는 말. 흔히 지푸라기를 이른다. 2. 쓸모없고 매우 하찮은 것을 비유적으로 이르는 말. 여기에서는 2의 의미로 쓰임.
귀의(歸依) 돌아가거나 돌아와 몸을 의지함.
허위단심 일정한 목적지까지 가려고 허우적거리며 무척 애를 쓰는 모양을 나타내는 말.

거라곤 개미 새끼 한 마리 못 만나게 완전히 비어 있었다. 내려다본 시가지도 불빛 하나 없이 황혼에 잠긴 게 갯벌처럼 공허해 보였다. 어머니가 나직하게 한숨을 쉬며 속삭였다.

"빨갱이란 사람들도 참 딱한 사람들이지. 여기 사는 가난뱅이들 인심도 못 얻고 무슨 명분으로 빨갱이 정치를 할 셈인고."

어머니가 그때까지 알고 지낸 몇 집을 찾아갔으나 물론 다 비어 있었다. 우린 그중에 우물이 있는 집을 골라 문을 따고 들어갔다. 집이 허술하니까 문도 수월하게 딸 수가 있었다. 모든 집이 비어 있어서 어차피 무단 침입할 바엔 좀 더 나은 집을 차지할 수도 있었지만 어머니는 어디까지나 나중에 사과하고 신세를 갚는 걸 전제로 하려 했기 때문에 아는 집 중에서 골라잡을 수밖에 없었다.

그 후 며칠 동안 우린 사람이라곤 못 만났고 세상이 바뀐 건지 안 바뀐 건지 알아낼 수도 없었다. 우린 한 달가량의 양식을 가지고 있었고 그 집엔 잡곡과 김장김치와 장작과 우물이 있었다. 우린 그 생활에 만족했다. 오빠가 먼 길을 도망쳐 오며 꿈꾸던 것도 바로 그런 만족한 생활이 아니었을까? 나는 문득 생각하곤 했다. 무엇보다도 자기가 어떠어떠한 사람이라는 걸 나타내 보이려고 말씨나 행동을 꾸밀 필요가 없다는 게 오빠의 치유에 도움이 되리라는 희망이 생겼다. 벌써 조금씩이나마 그런 조짐이 보이고 있었다. 오빠는 남쪽 친정에 가서 몸을 푼 아내와 아들에 대해 비록 불확실하게나마 염려하고 궁금해하는 눈치를 보일 때가 가끔 있었다. 여태껏 없던 일이었다. 우선 가장 가까운 사람을 향한 마음으로부터 열릴 가능성이 뵈는 것 같아 반가웠다.

우린 우리의 완벽한 은신을 감지덕지할 줄만 알았지 그 허점을 모르고 있었다. 어느 날 우리는 흰 홑이불을 망토처럼 뒤집어쓴 일단의 인민군에 의해 발각되었다. 그들은 서대문 형무소에 주둔하고 있는데 거기서 산동네를 쳐다보면 매일 아침저녁 굴뚝으로 연기가 오르는 집이 몇 집 있더라는 것이었다. 연기 나는 집을 하나하나 다 뒤져 봐도 재수 없게 다 죽게 된 늙은이 아니면 병자가 고작이더니 이 집엔 웬 젊은 여자가 다 있냐고 마침 문을 열어 준 나를 호시탐탐 노려보았다.

"네, 그러믄요. 이 집엔 여자들만 산다니까요. 찾아보실 것도 없다니까요."

어머니가 급히 뒤따라 나오면서 안 해도 될 소리를 두서없이 지껄였다. 그들이 어머니를 밀치고 안으로 들어갔다.

"동무도 여자요?"

앞장선 군관이 싸늘하게 웃으면서 오빠에게 물었다. 인민군을 본 오빠가 갑자기 실어증에 걸렸는지 으, 으, 으, 하고 신음

호시탐탐(虎視眈眈) 범이 눈을 부릅뜨고 먹이를 노려본다는 뜻으로, 남의 것을 빼앗기 위하여 형세를 살피며 가만히 기회를 엿봄. 또는 그런 모양.
두서없이(頭緒--) 일의 차례나 갈피를 잡을 수 없이.
실어증(失語症) 뇌의 언어 중추의 부분적 장애로 인해 말을 하지 못하거나 알아들을 수 없게 되어, 언어 활동이 불완전하게 되는 병.

할 뿐 뜻이 통하는 소리는 한마디도 못 했다.

"가안 여자는 아니지만서두 병신이에요. 사람값에 못 가는 병신이니까 여자만도 못하죠. 웬수죠. 병신 자식은 평생 웬수죠."

어머니의 얼굴에 공포와 비굴이 처참하게 엇갈렸다. 어머니가 그렇게까지 강조할 것도 없이 오빠는 누가 보기에도 성한 사람은 아니었다. 우락부락 거친 그들과 비교되어 더욱 그랬다. 몸은 파리하게 여위고 눈은 공허하고 입에선 알아들을 수 없는 외마디 소리가 새어나올 뿐이었다. 어머니가 병신 자식이라는 걸 너무 강조하지 말았으면 좋았을 것을.

그 후 그들은 겨끔내기로 자주 우리 집에 드나들었다. 그중엔 보위부 군관도 있었는데 오빠에 대해 뭔가를 눈치채고 있는 것 같았다. 우리들하고 천연덕스럽게 고향 얘기나 처자식 얘기를 하다가도 갑자기 오빠를 노려보면서 딴사람같이 카랑카랑한 목소리로 동무 혹시 인민군대에서 도주하지 않았소? 한다든가 동무, 혹시 국방군에서 낙오한 게 아니오? 하면 간이 콩알만큼 오그라들었다. 그러나 오빠는 그들만 나타나면 사색이 되어 떠는 중이 그런 소리로 더해지거나 덜해지지 않았고, 인민군복을 보자마자 새로 생긴 실어증도 끝내 그대로여서 병신 노릇에 빈

파리하다 몸이 마르고 낯빛이나 살색이 핏기가 전혀 없다.
겨끔내기 서로 번갈아 하기.
보위부(保衛部) 북한의 최고 정보 수사 조직인 비밀경찰 기구. 국가안전보위부.
낙오하다(落伍--) 대열에서 처져 뒤떨어지다.
사색(死色) 죽은 사람처럼 창백한 얼굴빛.

틈이 없었다. 문제는 우리였는데 우리도 오빠가 병신이 된 걸 연기로서가 아니라 실제로 받아들이고 있었다. 슬프고 원통한 일이었지만 오빠가 치유될 가망성은 없어 보였다.

그러나 그 보위부 군관은 남달리 집요한 데가 있었다. 위협도 하고 회유도 하고 때론 애원까지 하면서 진상을 알고 싶어 했다.

"어머니, 어머니를 보면 딱해 죽갔어. 아들 하나가 어쩌다 저 꼴이 됐을까? 그렇지만 배 안의 병신은 아니지? 그치? 배 안의 병신만 아니면 고칠 수 있어. 우리 북반부 의술은 세계적이거든. 그러고도 가난한 사람 우선이야. 내가 얼마든지 좋은 의사 보내 줄 수 있으니까 바른대로만 말해. 언제부터 왜 저렇게 됐나."

자주 드나들면서 언제부터인지 우리 어머니를 어머니라고 부르면서 이렇게 응석 섞인 반말지거리까지 했다. 차고 모질게 굴 때보다도 그럴 때의 보위 군관이 우리 모녀는 가장 싫고 무서웠다. 그럴 때는 어머니도 벌벌 떨면서 횡설수설하기가 일쑤여서 곁에서 지켜보는 나를 불안하게 했다. 그러나 그가 돌아가면 어머니는 눈을 찡긋하면서 일부러 그랬다고 말해서 나를 어이없게 했다.

집요하다(執拗--) 몹시 고집스럽고 끈질기다.
회유(懷柔) 어루만지고 잘 달래어 시키는 말을 듣도록 함.
진상(眞相) 사물이나 현상의 거짓 없는 모습이나 내용.
❋ 배 안의 병신 배냇병신. 뱃속에서 나올 때부터 기형인 사람을 얕잡아 이르는 말.
북반부(北半部) 어떤 지역을 남북으로 나누었을 때 북쪽 절반 부분. 여기에서는 '북한'을 이름.

사람이 살기 위해선 못 익숙해질 게 없었다. 독사와 더불어 춤을 추는 것 같은 섬뜩하고 아슬아슬한 곡예로 하루하루를 넘겼다.

다시 포성이 가까워지고 그들의 눈에 핏발이 서기 시작했다. 어머니는 앉으나 서나 그들이 곱게 물러가기만을 축수했다.

"그저 내 자식 해코지만 마소서. 불쌍한 내 자식 해코지만 마소서."

마침내 보위 군관이 작별하러 왔다. 그의 작별 방법은 특이했다.

"내가 동무들같이 간사한 무리들한테 끝까지 속을 것 같소. 지금이라도 바른대로 대시오. 이래도 바른 소리를 못 하겠소?"

그가 허리에 찬 권총을 빼 오빠에게 겨누며 말했다.

"안 된다. 안 돼. 이노옴, 너도 사람이냐? 이노옴."

어머니가 외마디 소리를 지르며 그의 팔에 매달렸다. 오빠는 으, 으, 으, 으, 짐승 같은 소리로 신음하는 게 고작이었다. 그가 어머니를 휙 뿌리쳤다.

"이래도 이래도 바른 말을 안 할 테냐? 이래도."

총성이 울렸다. 다리였다. 오빠는 으, 으, 으, 으, 같은 소리밖에 못 냈다.

"좋다. 이래도 바른 말을 안 할 테냐? 이래도."

축수하다(祝手--) 무엇을 기원하는 뜻으로 두 손바닥을 마주 대고 빌다.

또 총성이 울렸다. 같은 말과 총성이 서너 번이나 되풀이됐다. 잔혹하게도 그 당장 목숨이 끊어지지 않게 하체만 겨냥하고 쏴 댔다.

오빠는 유혈이 낭자한 가운데 기절해 꼬꾸라지고 어머니도 그가 뿌리쳐 나동그라진 자리에서 처절한 외마디 소리만 지르다가 까무러쳤다.

"죽기 전에 바른 말 할 기회를 주기 위해 당장 죽이진 않겠다."

그 후 군관은 다시 나타나지 않았다. 며칠 만에 세상은 또 바뀌었다.

오빠의 총상은 다 치명상이 아니었는데도 며칠 만에 운명했다. 출혈이 심한 데다 적절한 치료를 받을 수가 없었기 때문이다. 그 며칠 동안에도 오빠의 실어증은 회복되지 않았다. 그 며칠 동안의 낭자한 유혈과 하늘에 맺힌 원한을 어찌 잊으랴. 그러나 덮어 둘 순 있었다. 나는 남자를 만나 사랑을 하고 자식을 낳아 또 사랑하는 걸로, 어머니는 손자를 거두어 기르며 부처님께 귀의하는 걸로.

마취가 깨어날 때 부린 난동으로 어머니는 어찌나 많은 힘을 소모하였는지 그 후 오랫동안 탈진 상태가 계속됐다. 부피도 무게도 호흡도 없이 불면 날아갈 듯 한 장의 백지장이 되어 누워 있었다. 간혹 문병을 와 주는 친척이나 친구 보기에도 도저히

낭자하다(狼藉--) 여기저기 흩어져 어지럽다.

회복될 가망이 없어 보였던지 모두 심각하게 고개를 저었다. 그들 중에는 어머니가 아예 의식이 없는 줄 알고 서슴지 않고 장례 절차 얘기를 하는 이가 있는가 하면 상갓집에 온 줄 착각을 하는지 천수를 누리셨으니 너무 서러워 말라고 우리를 위로하는 이도 있었다. 우리 역시 그런 그들을 말리거나 언짢게 생각하지 않았다. 한두 숟갈 유동식˙을 받아 넘긴다든가 주삿바늘을 찌를 때 찡그리는 것 외엔 어머니에게 의식이 남아 있다는 표시는 참으로 미미했다.˙

어느 날, 문병을 와 준 내 친구도 이런 어머니를 일별하더니˙ 대뜸 이렇게 말했다.

"수의˙는 장만해 놨니?"

"아니, 뭐 그런 끔찍한 걸 미리 장만을 하니?"

"얘 좀 봐, 그럼 묘지는?"

"묘지? 그런 것도 미리 장만하는 거니?"

"얘 좀 봐, 그것도 안 해 놨구나. 넌 하여튼 알아줘야 해."

"뭘?"

"너 나이롱˙ 딸인 거, 말야."

유동식(流動食) 씹지 않고 삼킬 수 있도록, 소화하기 쉽게 만든 미음, 죽 등의 음식.
미미하다(微微--) 보잘것없이 아주 작다.
일별하다(一瞥--) 한 번 훌긋 보다.
수의(壽衣) 염습할 때에 송장에 입히는 옷.
　염습(殮襲) 죽은 사람의 몸을 씻긴 뒤 옷을 입히고 삼베로 싸는 일.
나이롱 합성 섬유인 '나일론(nylon)'에서 나온 말로, '가짜, 엉터리, 좋지 않은 것'이라는 뜻으로 쓰인다. 여기에서의 '나이롱 딸'은 제 역할을 못하는 엉터리 딸이라는 뜻이다.

엄마의 말뚝 2

"나이롱 딸?"

"그래 나이롱 딸, 이런 엉터리. 아들도 없는데 딸까지 이런 순 엉터리니……."

나는 내가 나일론에다 순 엉터리인 건 상관없었지만 어머니를 위해선 좀 안된 것 같아 변명할 마음이 생겼다.

"우린 고향에 선영이 있지 않니?"

"느이 고향이 어딘데?"

"몰라서 묻니? 개성 쪽, 개풍군이야."

"거기 있는 선영이 무슨 소용이 있어?"

"그래도."

"그래도라니? 변명치곤 너무 구차스럽다 얘. 이북에 두고 온 논밭 저당 잡고 돈도 뭐 달랠라."

입이 험한 친구는 사정없이 나를 몰아세웠다.

"그게 아니라 일종의 묵계 같은 거지. 어머니는 비록 살아생전에 못 가셨더라도 돌아가신 후에만은 선영에 아버님 곁에 누우시길 바라실 거 아니니? 말씀은 안 하셔도 속으로 간절히 바라시는 걸 빤히 알면서 어떻게 딴 데다 묘지를 사 놓니? 그야 막상 돌아가시면 문제가 달라지겠지? 그때 가서 묘지를

선영(先塋) 조상의 무덤. 또는 조상의 무덤이 있는 곳.
구차스럽다(苟且---) 말이나 행동이 떳떳하지 못한 데가 있다.
저당(抵當) 부동산이나 동산을 채무의 담보로 잡거나 담보로 잡힘.
묵계(默契) 말 없는 가운데 뜻이 서로 맞음. 또는 그렇게 하여 성립된 약속.

사도 늦을 거 없잖아. 묘지란 어차피 사후의 집이니까."

이때 어머니가 눈을 떴다. 백지장 같은 모습과는 딴판으로 또렷하고 생기 있는 눈이어서 친구는 앉은자리에서 에그머니나 비명을 지르며 내 옷소매에 매달렸다.

"호숙 에미 나 좀 보자."

어머니가 정정한 목소리로 나를 곁으로 불렀다.

"네, 어머니."

나는 어머니에게로 조심스럽게 다가갔다. 어머니의 손이 내 손을 잡았다. 알맞은 온기와 악력(握力)이 나를 놀라게도 서럽게도 했다.

"나 죽거든 행여 묘지 쓰지 말거라."

어머니의 목소리는 평상시처럼 잔잔하고 만만치 않았다.

"네? 다 들으셨군요?"

"그래 마침 듣기 잘했다. 그러잖아도 언제고 꼭 일러두려 했는데. 유언 삼아 일러 주는 게니 잘 들어 뒀다 어김없이 시행토록 해라. 나 죽거든 내가 느이 오래비한테 해 준 것처럼 해 다오. 누가 뭐래도 그렇게 해 다오. 누가 뭐라든 상관하지 않고 그럴 수 있는 건 너밖에 없기에 부탁하는 거다."

"오빠처럼요?"

"그래, 꼭 그대로, 그걸 설마 잊고 있진 않겠지?"

악력(握力) 손아귀로 무엇을 쥐는 힘.

"잊다니요. 그걸 어떻게 잊을 수가……."

어머니의 손의 악력은 정정했을 때처럼 아니, 나를 끌고 농바위 고개를 넘을 때처럼 강한 줏대와 고집을 느끼게 했다.※

오빠의 시신은 처음엔 무악재 고개 너머 벌판의 밭머리에 가매장했다.● 행려병사자● 취급하듯이 형식과 절차 없는 매장이었지만 무정부 상태의 텅 빈 도시에서 우리 모녀의 가냘픈 힘만으로 그것 이상은 가능한 일이 아니었다.

서울이 수복되고● 화장장이 정상화되자마자 어머니는 오빠를 화장할 것을 의논해 왔다. 그때 우리와 합하게 된 올케는 아비 없는 아들들에게 무덤이라도 남겨 줘야 한다고 공동묘지로라도 이장할● 것을 주장했다. 어머니는 오빠를 죽게 한 것이 자기 죄처럼, 젊어 과부 된 며느리한테 기가 죽어 지냈었는데 그때만은 조금도 양보할 기세가 아니었다. 남편의 임종도 못 보고 과부가 된 것도 억울한데 그 무덤까지 말살하려는 시어머니의 모

※ 어머니의 손의 악력은 ~ 강한 줏대와 고집을 느끼게 했다 〈엄마의 말뚝 1〉에 따르면 '농바위 고개'는 어머니가 개풍군의 박적골을 떠나 '나'와 오빠를 서울로 데리고 가는 길에 있던 고개이다. 어머니는 박적골에 사는 시부모의 반대를 무릅쓰고 '나'와 오빠에게 신식 교육을 시키기 위해 출가를 감행한다. 어머니는 시대의 법도와 질서를 따라야만 했던 당시로서는 파격적인 행동을 할 만큼 주관이 뚜렷하고 강한 여성이었다. 지금 어머니는 '나'에게 자신이 죽은 후에 오빠에게 한 것처럼 자신을 화장해 줄 것을 요청하고 있다. 이는 억울하게 죽어 간 오빠를 기억하기 위해서이고, 딸인 '나'만은 자신의 그런 심정을 이해할 것이라고 굳게 믿고 있기 때문이다. 그래서 '나'는 꼭 잡은 어머니의 손에서 그 옛날 낯선 서울에 가기를 꺼려했던 '나'를 억지로 끌고 갔던 어머니의 주관과 강한 신념을 떠올리고 있는 것이다.

가매장하다(假埋葬--) 시체를 임시로 묻다.
행려병사자(行旅病死者) 떠돌아다니다가 타향에서 병들어 죽은 사람.
수복되다(收復--) 잃었던 땅이나 권리 따위가 되찾아지다.
이장하다(移葬--) 무덤을 옮겨 쓰다.

진 마음이 야속하고 정떨어졌으련만 그런 기세 속엔 거역할 수 없는 위엄과 비통한 의지가 담겨 있어 종당엔 올케도 순종을 하고 말았다.

오빠의 살은 연기가 되고 뼈는 한 줌의 가루가 되었다. 어머니는 앞장서서 강화로 가는 시외버스 정류장으로 갔다. 우린 묵묵히 뒤따랐다. 강화도에서 내린 어머니는 사람들에게 묻고 물어서 멀리 개풍군 땅이 보이는 바닷가에 섰다. 그리고 지척으로 보이되 갈 수 없는 땅을 향해 그 한 줌의 먼지를 훨훨 날렸다. 개풍군 땅은 우리 가족의 선영이 있는 땅이었지만 선영에 못 묻히는 한(恨)을 그런 방법으로 풀고 있다곤 생각되지 않았다. 어머니의 모습엔 운명에 순종하고 한을 지그시 품고 삭이는 약하고 다소곳한 여자 티는 조금도 없었다. 방금 출전하려는 용사처럼 씩씩하고 도전적이었다.

어머니는 한 줌의 먼지와 바람으로써 너무도 엄청난 것과의 싸움을 시도하고 있었다. 어머니에게 그 한 줌의 먼지와 바람은 결코 미약한 게 아니었다. 그야말로 어머니를 짓밟고 모든 것을 빼앗아 간, 어머니가 도저히 이해할 수 없는 분단(分斷)이란 괴

종당(從當) 일의 마지막.
지척(咫尺) 아주 가까운 거리.
✤ 어머니는 한 줌의 먼지와 ~ 싸움을 시도하고 있었다 '한 줌의 바람과 먼지'는 오빠의 유해를, '엄청난 것'은 남북이 분단된 상황을 의미한다. 즉, 어머니는 오빠의 유해를 고향이 바라다보이는 바다에 뿌리는 행위를 통해, 남과 북이 분단된 상황에 대해 자기 나름의 방식으로 비판하고 대항하고 있는 것이다.

물을 홀로 거역할 수 있는 유일한 수단이었다.

어머니는 나더러 그때 그 자리에서 또 그 짓을 하란다. 이젠 자기가 몸소 그 먼지와 바람이 될 테니 나더러 그 짓을 하란다. 그 후 삼십 년이란 세월이 흘렀건만 그 괴물을 무화(無化)시키는 길은 정녕 그 짓밖에 없는가?

"너한테 미안하구나, 그렇지만 부탁한다."

어머니도 그 짓밖에 물려줄 수 없는 게 진정으로 미안한 양 표정이 애달프게 이지러졌다.

아아, 나는 그 짓을 또 한 번 할 수밖에 없을 것 같다.

어머니는 아직도 투병 중이시다.

■ 「문학사상」 106호(1981. 8) ; 『박완서 소설전집』 7권(세계사, 1994)

무화시키다(無化---) 없는 것으로 하다.

엄마의 말뚝 2 **작품 해설**

● 등장인물 들여다보기

나

중산층 전업주부로서 가끔씩 작은 일탈을 즐기지만 가족의 무사 안일한 일상을 다행으로 여기며 살아갑니다. 하지만 어머니가 대수술을 받은 후 과거 6·25 전쟁 때 오빠가 무참하게 죽음을 맞이한 사실을 떠올리는 것을 보고, 그동안 잊고 있었던 오빠의 죽음과 관련된 기억을 통해 '분단이라는 괴물'이 여전히 우리의 삶을 옥죄고 있다는 것을 깨닫게 됩니다.

'나'는 똑똑하고 지조 있던 오빠가 전쟁 때 의용군에서 도망쳐 나온 뒤 정신이 파괴되고, 끝내 인민군 군관에 의해 총살당하는 충격적인 경험을 하게 됩니다. 세월이 흘러 결혼을 하고, 가정을 이루면서 '나'는 그 상처를 잊었다고 여깁니다. 하지만 어머니의 수술을 계기로 30여 년이 넘는 세월 동안 어머니의 평온한 삶 이면에 전쟁의 상처와 분노, 원한이 감춰져 있었다는 사실을 알게 되어 충격을 받지요. 하지만 '나'는 광기로 표출되는 어머니의 분노와 원한을 이해합니다. 어머니와 '나'는 오빠의 죽음을 함께 경험한 유일한 육친이기 때문이지요. 따라서 '나'가 오랫동안 말하지 못했던 가족사의 비극을 진술하는 것은 분단의 상처를 극복하려는 '나' 나름의 방식이라 할 수 있습니다.

또한 '나'는 개인과 가족의 역사를 기억하고 증언하는 중요한 역할을 합니다. 이 기억과 증언은 전쟁과 휴전이 있었던 1950년대로부터 한참이 지나 그 비극의 역사를 잊고 살아가는 사람들에게 아직도 우리가 눈에 보이지 않는 분단의 감옥 안에 살고 있다는 사실을 일깨워 줍니다.

어머니

6·25 전쟁 때 아들을 잃은 아픔을 오랜 세월 동안 가슴에 품고 살아온, 한국 현대사의 비극을 상징적으로 보여 주는 인물입니다. 어머니는 남편을 여의고 삯바느질로 힘겹게 생계를 이어 가면서도 아들과 딸에게 신식 교육을 시키기 위해 시집을 떠나 서울에 살 집을 마련하는 등 강한 모성을 갖고 있습니다. 이런 어머니에게 전쟁으로 인한 아들의 비통한 죽음은 평생의 한으로 남았을 테지만, 겉으로는 아들이 남긴 손자들을 거두어 기르면서 평화롭게 늙어 갑니다. 하지만 다리 수술을 마친 후 어머니가 보여 주는 괴력과 기성(奇聲)은 아들의 죽음으로 인한 고통이 아직도 치유되지 않았음을 알려 주지요.

어머니는 자신이 죽은 후 화장을 해서 자신의 유해를 아들의 유해를 뿌린 곳에 뿌려 달라고 '나'에게 부탁합니다. 이것은 자신의 모든 것을 빼앗아 간 '분단이라는 괴물'에 홀로 맞서려는 어머니만의 방식으로 해석할 수 있습니다. 또한 어머니에게 딸인 '나'는 사랑하는 가족을 잃은 상실감을 공유하고, 수십 년이 지난 후에도 왜 그 고통에서 벗어날 수 없는지를 이해할 수 있는 유일한 근친이기 때문에 이처럼 서글픈 부탁을 하게 되는 것이지요.

오빠

6·25 전쟁의 비극을 온몸으로 겪은 인물로, 어머니와 '나'는 비극적인 오빠의 죽음을 통해 '분단이라는 괴물'에 대한 대결 의식을 마음속 깊이 갖게 됩니다.

오빠는 어머니의 남다른 교육열 덕에 일제 강점기에 고등 교육을 받은 엘리트입니다. 또한 똑똑하고 합리적이며 가족에 대한 책임감이 강하지요. 그는 해방이 되자 잠깐 좌익 운동의 열풍에 휩쓸렸으나 곧바로 전향합니다. 지조를 최고의 이상으로 삼는 선비 기질을 지닌 그로서는 목적을 위해 수단을 가리지 않는 좌익 사상의 본심을 참아 낼 수 없었기 때문입니다. 이후 전쟁이 나자 인민군에게 끌려가 의용군에 가담하게 되고, 전세가 혼란스러운 틈을 타 의용군을 탈출해 집으로 돌아옵니다. 하지만 이미 몸과 정신이 피폐해진 터라 남쪽으로 피란도 못 가고 서울에 남게 되지요. 결국 그는 잔류한 인민군 군관의 총에 맞아 비참하게 죽게 됩니다.

이런 오빠의 삶을 보면 상식적이고 합리적인 사고방식을 지닌 사람이라 할지라도 전쟁이라는 폭력적인 상황 앞에서는 살아남는 것 그 자체가 목적이 되며, 여지없이 비굴해지고 비정상적이 되어 간다는 것을 알 수 있습니다. 즉, 오빠의 삶과 죽음은 전쟁의 폭력성과 잔혹함을 상징적으로 보여 줍니다. 게다가 오빠가 의용군에 끌려가고, 탈출한 후 피란을 가고 싶어도 가지 못하는 것은 오빠의 자발적인 의지 때문이 아니라 시대적 상황이 그렇게 만든 것입니다. 이 역시 전쟁이라는 거대한 사건 앞에서 개인이 얼마나 무력한지를 보여 주는 것이지요.

● 작품 Q&A

"선생님, 궁금해요!"

Q 이 작품은 '나'의 어머니가 다리를 다친 후 벌어지는 현재 사건들과 과거 6·25 전쟁 때를 회상하는 장면이 번갈아 가며 그려져 있는데요, 작품의 시간적 배경과, 작가가 이렇게 시간적 배경을 설정한 이유가 궁금합니다.

A 이 작품은 중년 여성인 '나'가 변함없는 일상과 집안일에 대한 철저한 방심 끝에 오는 섬뜩함에 대해 수다를 풀어 놓는 것으로 시작합니다. 이어서 작품은 늙은 어머니의 낙상(落傷)과 수술을 받기까지의 경위를 자세하게 서술하고 있습니다. 여기까지 읽다 보면 마치 중산층 가정주부의 답답한 일상을 그리고 있는 것처럼 보입니다. 하지만 수술 후 어머니가 고령의 몸이라고는 믿기 힘들 정도의 괴력과 광기를 내뿜는 것을 목격하면서 작품의 분위기가 갑자기 바뀝니다. '나'는 "내 어머니의 오지에 감춰진 게 선(善)과 평화와 사랑이 아니라 원한과 저주와 미움이었다"는 사실을 발견하고, 그 마음의 오지를 탐사하기 위해 과거로 돌아갑니다. 어머니와 오빠, '나'가 함께 겪었던 전쟁, 그리고 오빠가 죽음을 당한 그 당시로 말입니다.

이처럼 작품은 가족사적 비극, 넓게는 우리 민족의 비극이 있었던 과거를 기억하는 장면과, 수십 년이 지난 후에도 그 비극이 사라지지 않았음을 보여 주는 현재 장면을 번갈아 그림으로써 분단 현실이 아직도 이어지고 있음을 효과적으로 드러내고 있습니다.

  작품의 처음은 전쟁과는 무관한 현재 시점(6·25 전쟁이 끝난 뒤 삼십 년이 흐른 1980년대)에서 시작하지만, 그 다음 에피소드는 과거 오빠와 '나'의 어린 시절로 되돌아가 오빠가 눈길에 미끄러진 어머니를 위해 산골을 구해 와서 부러진 뼈를 붙이게 된 사연을 회고하고 있습니다. 그러다가 다시 현재로 돌아와 어머니가 수술 후유증으로 괴력을 발휘하는 장면을 생생히 그리고 있습니다. 그 다음에는 의용군으로 끌려갔다가 탈출해서 돌아온 오빠가 육체적·정신적으로 철저히 망가진 모습이나 미처 피란을 가지 못해 현저동으로 들어간 뒤 총살을 당하는 6·25 전쟁 당시를 회고하고 있습니다.

  그렇다면 왜 작가는 곧바로 전쟁 체험을 기술하지 않고 이렇듯 상관이 없는 듯한 에피소드들을 현재와 과거를 오가며 나열하고 있는 걸까요? 이것은 현재 어머니와 '나'가 중산층의 평온하고 안락한 일상을 살고 있음에도 불구하고, 과거의 비극으로 인한 상처를 완전히 극복하지 못했음을 의미합니다. 모녀가 함께 겪은 아들이자 오빠의 죽음은 너무나 고통스러운 기억이기 때문에 외면하고 싶고, 외면하고 싶기 때문에 끝없이 뒤로 연기됩니다. 기억 저편에 묻혀 있던 상처들이 늙은 어머니가 수술로 인해 마음이 약해진 것을 계기로 현재의 어느 순간 떠오르게 되는 것이죠. 이렇듯 얼핏 산만해 보일 수도 있는 앞부분의 에피소드들은 구성상의 결함이라기보다는 오히려 작품에 내적 통일성과 유기성을 부여한다고 볼 수 있습니다. 즉 오빠의 죽음으로 상징되는 우리나라의 분단 현실이 아직도 끝나지 않았음을 극적으로 드러내기 위한 장치라고 할 수 있는 것이죠.

Q 전업주부인 '나'는 가정을 떠나 있을 때마다 벌어지는 자질구레한 사고로 인해 불안해하거나 가족들에게 미안한 감정을 가질 법도 한데요, 가끔 느끼게 되는 이 섬뜩한 느낌을 사랑한다고 말하는 까닭은 무엇일까요?

A 중산층 전업주부인 '나'는 경제적으로 별 어려움 없이 안정적인 삶을 살아왔습니다. 가끔씩 이런 안락한 삶에서 벗어나 계 모임에 나가 화투를 치거나 친구를 만나 술을 마시는 등 소소한 일탈을 즐기지요. '나'는 역설적이게도 이러한 일탈을 통해 현재의 안정적인 삶을 확인합니다.

"집안일에 대한 철저한 방심 끝에 오는 섬뜩한 느낌"은 집안의 대소사를 책임지는 가정주부 노릇과 관련이 있습니다. 엄마 역할, 집안의 관리자 역할에서 벗어나 온전히 자기만의 시간을 보낼 기회는 그리 많지 않겠지요. 그러다 보니 '나'는 소소한 일탈을 통해 해방감을 느끼면서도, 동시에 자기 역할을 다하지 못한 것 같은 자책감으로 가족에게 미안한 감정을 갖게 되는 것입니다. "이상하게도 그 섬뜩한 느낌이 영험을 상실한 후에도 나는 계속해서 그것을 경험할 수 있기를 바랐다."라는 구절은 '나'가 왜 '섬뜩함'을 사랑하는지 이해할 수 있는 단서를 제공합니다. "섬뜩함은 일순 무의미한 진구렁의 퇴적에 불과한 나의 일상, 내가 주인인 나의 살림의 해묵은 먼지를 깜짝 놀라도록 아름답고 생기 있게 비춰 주기 때문이다."라는 구절도 마찬가지이고요. 이러한 섬뜩한 느낌은 '나'가 중산층 여성의 반복적이고 변화 없는 일상을 지겹게 여기면서도, 결국 이 일상이 얼마나 소중한 것인지를 깨닫게 되는 계기를 제공합니다.

즉, 바깥에서 경제적인 활동을 하지 않는다 하더라도 전업주부로서 그 나름의 역할이 있다는 것을 새삼 느끼게 되는 것이지요. 그렇기 때문에 '나'는 섬뜩함을 사랑한다고 표현하는 것입니다.

또한 '나'의 평범한 일상은 6·25 전쟁 당시에 '나'의 가족, 그리고 우리 민족이 겪은 참혹한 상황과 선명하게 대비됩니다.

긴 세월이 흐르는 동안, 사람들은 자연스럽게 전쟁과 분단으로 인한 참혹한 상처와 기억이 잊혀졌다고 여기며 살아왔습니다. 어머니와 '나' 역시 오빠의 죽음이라는 도저히 잊지 못할 비극을 공유하고 있지만, 어머니는 오빠의 핏줄인 손자를 거두어 기르고 부처님께 귀의하는 것으로, '나'는 가정을 이루어 평범한 주부로 살아가는 것으로, 사랑하는 육친의 죽음이라는 참혹한 기억을 덮어두려 합니다.

이 기억이 30여 년이 지난 후 어머니의 다리 부상과 수술을 계기로 수면 위로 떠오르게 되는 것입니다. '나'는 어머니의 부상 소식을 듣기 전 "내가 여태껏 경험한 섬뜩함 중에서도 최악의" 섬뜩함을 느낍니다. 이는 '나'가 그동안 대면하기를 꺼려했던 가족사적 비극, 전쟁과 분단이 야기한 비극을 기억하고 진술해야만 하는 상황이 되었음을 암시합니다.

Q 이 작품에서 '오빠의 죽음'은 어떤 의미가 있나요?

A 〈엄마의 말뚝 1〉, 〈그 많던 싱아는 누가 다 먹었을까〉, 〈그 산이 정말 거기 있었을까〉와 같은 작가의 자전적 소설들에서 밝혀진 것처럼, 오빠는 아버지의 죽음으로 가장이 없는 이 가족에게, 특히

어머니에게는 삶을 지탱할 수 있도록 해 주는 종교와 같은 존재였습니다.

이 작품을 보면 오빠는 '나'와 열 살 정도 차이가 나는 탓도 있겠지만, 명석하고 사려 깊고 특유의 자존심과 도덕적 순수성을 유지하고 있는 인물로 나옵니다. 그러면서도 어머니의 부러진 뼈를 고치기 위해서는 미신에 불과한 신령님에게 고개를 숙이며 비는 행위도 마다하지 않는 효자이기도 하지요. 그런데 전쟁은 이런 오빠의 영혼을 여지없이 파괴해 버리고 맙니다. 오빠는 적 치하에서 의용군으로 끌려갔다가 몸과 영혼이 속속들이 망가진 상태로 돌아옵니다. 그런 오빠와 '나'를 데리고 어머니는 '나'의 가족이 서울에 올라와 처음 자리를 잡았던 현저동 괴불마당집으로 가짜 피란을 갑니다. 하지만 곧 그곳에 잔류해 있던 인민군에게 발각되었고, 오빠는 결국 총살을 당하고 말지요. 이러한 오빠의 죽음은 어머니에게 정신적인 '말뚝'과 같은 든든한 존재가 훼손되고 사라지는 것을 의미하며, 이는 '참척의 원한'이 되어 어머니의 마음 깊은 곳에 남게 됩니다.

또한 작가는 이 작품에서뿐만 아니라 앞서 언급한 다른 작품에서도 오빠의 죽음을 여러 번 반복해서 서술하고 있습니다. 즉, 작가에게 오빠의 죽음은 글쓰기의 동기를 부여하는 중요한 의미를 지니는 것이지요. 작가가 오빠의 죽음을 계속해서 진술하는 것은 전쟁으로 인한 가족사의 상처를 솔직하게 드러냄으로써 이를 치유하고자 하는 행위입니다. 또한 전쟁의 폭력성과 반(反)생명성을 고발함으로써 현실 비판 의지를 드러내는 것으로도 볼 수 있습니다.

Q 작품의 제목인 '엄마의 말뚝'에서 '말뚝'이 상징하는 것은 무엇인가요?

A 오빠는 어머니가 삶을 살아가는 이유였습니다. 남편이 죽은 후 오빠와 '나'를 데리고 홀로 삯바느질을 하며 자식 교육을 위해 애쓰던 어머니의 소원은 아들이 "공부 잘해 출세해서 큰돈을 벌"고 장차 큰일을 하는 것이었습니다. 오빠는 가난한 동네에 살면서도 특유의 명석함과 떳떳함으로 빛나는 존재여서 어머니의 기대를 저버리지 않았지요. 그런 점에서 오빠는 어머니가 살아가는 이유이자 힘든 삶을 견디게 해 주는 심리적 말뚝이었습니다. 그런 오빠가 전쟁을 겪으며 육체와 정신이 피폐해졌습니다. 오빠에게는 오로지 빨갱이를 피해 살아남아야겠다는 본능만 남게 됩니다. 게다가 현저동에서 숨어 살던 중에 인민군을 만나자 실어증까지 걸리고, 다리에 총상을 입고는 결국 죽게 되지요. 이러한 오빠의 실어증과 다리 부상, 죽음은 어머니의 심리적 지지대였던 '말뚝'의 육체적·정신적 훼손을 상징합니다.

어머니의 이 '말뚝', 즉 오빠는 죽은 후 세월이 한참 흐른 뒤에도 어머니의 마음속 '오지'로 남아 있습니다. 수술받는 것을 완강히 거부하던 어머니가 자신의 수술을 과거 오빠의 산골 요법과 같은 것으로 여겨 수술을 결심하는 것과, 수술 후 자신의 다리를 부여잡고 '가엾은 내 새끼'라고 말하는 데서 이를 알 수 있습니다. 작품의 마지막 장면에서 어머니가 오빠와 똑같은 방식으로 화장을 해서 한 줌 먼지와 바람으로 남고자 하는 것도 오빠를 마음속에 기억하고자 하는 어머니의 의지이겠지요.

또 이 가족의 비극이 분단이라는 민족 단위의 비극의 축소판이라고 한다면, 어머니의 '말뚝'은 오빠나 '나'의 가족을 비롯한 평범한 사람들의 삶을 송두리째 빼앗아 간 분단 현실로 해석할 수도 있습니다. '말뚝'은 사람들의 정신을 지탱하는 버팀목인 동시에 한편으로는 좀처럼 없애기 힘든 깊은 상처나 기억을 의미하기도 하기 때문이지요. 즉, 6·25 전쟁으로 사랑하는 사람을 잃고, 자신의 의지와는 상관없이 이산(離散)의 아픔을 겪어야 했던 우리 민족의 마음속에 깊이 박힌 상처나 분단 상황에 대한 분노, 통일에 대한 염원으로도 볼 수 있습니다.

Q 작품의 마지막 장면에서 '나'는 자신이 죽은 뒤 화장해 달라는 어머니의 부탁을 '분단이라는 괴물'과의 싸움이라고 표현합니다. 오빠가 인민군의 총에 맞아 죽었는데 왜 '나'는 그것을 '분단이라는 괴물' 때문이라고 해석하는지 궁금합니다.

A 오빠가 죽은 후 어머니는 가족들의 반대를 무릅쓰고 오빠의 시신을 화장해서 가족의 선영이 있는 개풍군이 멀리 바라다보이는 강화 앞바다에 뿌립니다. '나'의 눈에 그것은 "어머니를 짓밟고 모든 것을 빼앗아 간, 어머니가 도저히 이해할 수 없는 분단(分斷)이란 괴물"과 당당히 싸우려는 몸짓으로 비칩니다. 어머니는 왜 그토록 사랑했던 아들을 화장하고, 딸은 왜 어머니의 그런 행동을 분단과의 싸움이라고 말할까요?

1950년대 이 땅에서 벌어진 전쟁과 휴전, 분단과 같은 일련의 비극적 사건은 개인의 의지와는 상관없이 발생했습니다. 이 굵직한

국가적 사건의 피해자는 평범한 개인들이었지만 이들이 저항하거나 해결할 수 있는 방법은 없었습니다. 오빠가 목숨을 잃은 결정적 원인은 인민군에게 있었죠. 하지만 만약 서울에 남아 있지 않고 피란을 갔다면, 의용군 지원을 하지 않았다면, 의용군에 지원한 사실 때문에 수복 이후에 주위 사람들에게 시달림을 당하지 않았다면, 오빠가 육체적·정신적으로 망가지거나 총살당하지 않았을지도 모릅니다. 다시 말해 북한 측뿐만 아니라 남한 측에도 전쟁으로 인한 피해를 야기한 책임이 있다는 것이지요.

때문에 어머니가 오빠의 유해를 북쪽 고향이 보이는 곳에 뿌리는 것은, 어머니와 가족의 삶을 송두리째 빼앗아 간 분단 상황의 폭력성을 기억하고, 그것에 거역하고자 하는 행위라 할 수 있습니다.

오빠의 죽음을 함께 경험한 사람은 그 누구도 아닌 어머니와 '나' 단 둘뿐이었습니다. 그렇기 때문에 '나'는 수술 후 어머니의 기억이 전쟁 당시 오빠가 죽을 무렵으로 돌아가 고통스러워할 때도, 고통스러운 기억이 온몸으로 표출되어 괴력을 발휘할 때도 어머니를 감당할 사람은 자신뿐이라고 생각합니다. 어머니가 '그 짓'으로 표현되는, 아들의 유해가 뿌려진 곳과 같은 데에 자신의 유해를 뿌려 달라는 유언을 남기자 '나'가 이를 받아들이는 것도 분단의 피해자로서의 동질감으로 인해 어머니의 마음을 충분히 이해하기 때문이지요.

우리 소설은 6·25 전쟁과 분단의 비극을 지속적으로 형상화해 왔습니다. 전쟁 상황을 직접적으로 그린 작품, 전쟁으로 인한 육체적·정신적 훼손을 그린 작품, 분단으로 인한 이산가족의 아픔을 그린 작품까지 소재 면에서도 무척 다양합니다. 그중에서도 작가 박완서의 작품이 특별한 의미를 지니는 것은 이런 전쟁과 분단으로 인한 상처가 일시적이지 않고 지속적으로 어떻게 개인의 삶을 좌우하는지를 그려낸 데 있습니다. 이 작품에서 엄마가 "아직도 투병 중"이듯이 분단 역시 현재 진행형인 사건인 것입니다.

Q 이 작품과 이 책에 실린 다른 작품 〈그 여자네 집〉은 작가의 자전적인 내용을 담고 있다고 하는데요, 이렇게 작가가 자신이 겪은 일을 써도 소설이 되는 건가요?

A 소설을 허구, 즉 지어낸 이야기라고 합니다. 하지만 작가는 자기가 경험한 것, 자기가 보고 느낀 것을 쓰고, 거기에서 중요한 의미를 끄집어내기도 합니다. 특히 작가 박완서는 일찍이 "경험하지 않은 것은 못 쓴다."라고 말한 바 있습니다. 대표적으로 〈그 많던 싱아는 누가 다 먹었을까〉와 〈그 산이 정말 거기 있었을까〉는 작가의 성장기를 솔직하게 드러내고 개인사와 가족사를 오롯이 복원한 자전 소설입니다. 하지만 이 작품들은 사적인 경험을 서술하는 데 그치지 않고 작가가 살았던 시대를 증언하는 역할을 하고 있습니다. 개인의 역사, 가족의 역사에 드리운 식민지 근대화, 전쟁, 분단 등의 문제를 드러냄으로써 개인적인 경험을 사회적인 것으로 확대시키고 있는 것이지요.

독자의 입장에서는 작가의 작품 세계가 어디에서부터 비롯되었는지 알 수 있으며, 비슷한 시대를 살아오고, 가난과 전쟁으로 인해 고통받았던 이 땅의 평범한 사람들에게는 공감을 이끌어 냅니다. 따라서 이 작품은 자전적인 내용을 바탕으로 하고 있기 때문에 오히려 사실성(리얼리티)과 진정성, 경험의 보편성을 획득한다고 볼 수 있습니다.

※ 더 읽어 봅시다 ※

전쟁이 남긴 상처를 되새기는, 작가의 또 다른 작품
박완서, 〈엄마의 말뚝 1〉 _ 〈엄마의 말뚝 2〉의 전편에 해당하는 연작 소설이다. 시골에서 남편을 잃은 후 어린 남매만 데리고 서울로 상경한 어머니가 서대문구 현저동 꼭대기에 집 한 채를 마련하기까지의 과정, 어린 '나'가 서울 생활에 적응하기까지 정체성의 혼란을 겪으며 성장해 가는 과정을 그리고 있다.

김원일, 〈마당 깊은 집〉 _ 6·25 전쟁이 끝난 1950년대 초, 대구의 '마당 깊은 집'에 모여 살게 된 여섯 가구 스물두 명의 인물들에 얽힌 사건들을 어린 소년 길남의 시선에서 서술하고 있는 작품이다. 사회주의자인 아버지가 단신으로 월북해 버린 상황에서 장남으로서의 의무를 강요하는 어머니로 인해 부담을 느낀 길남은 가출을 하기도 하지만, 다시 집으로 돌아와 가장의 역할과 생존의 중요성을 깨달으며 성장하게 된다. 작가의 자전적 이야기에 바탕을 둔 이 작품에서도 홀로 되어 삯바느질로 자식을 키우는 어머니의 강인한 모성, 전쟁 후 분단 현실에 대한 증언이 세대 묘사와 함께 작품의 주 내용을 이루고 있다.

지 알고 내 알고 하늘이 알건만

　여기 가난하지만 씩씩하고 건강하게 살아가는 성남댁이라는 억척 할머니가 있습니다. 그녀는 자기보다 경제적으로 풍족한 다른 여자들의 입에 안 좋게 오르내리지만, 작품을 읽어 보면 그녀가 다른 인물들보다 훨씬 더 도덕적으로 여겨집니다. 왜 그런지 성남댁의 이야기를 자세히 들여다볼까요?

"참 혼자된 마나님이 안 보이네. 슬픔에 겨워서 기함˙이라도 했남?"
"기함은, 그 마나님이 그래 봬도 보통내기가 아니라던데 제 살 궁리 하기에 바쁘겠지 뭐."
"쯧쯧, 삼우제˙나 치르고 제 살 꿍꿍이속 차려도 늦지는 않으련만 누가 당장 내칠 것도 아니고……."
"뉘 아니래. 삼우까지도 안 바라고 내일 장례 때까지만이라도 의젓하게 마나님 노릇 해 주면 이 집 체면이 서련만……."
"아 보통 사람 수준은 돼야 그런 사람 노릇을 바라지. 내 보기엔 처음부터 그럴 위인이 못 되더구먼. 진태 엄마가 암만 약은 척해도 헛약았다니까. 잠깐 눈에 뭐가 씌었던지. 그 거

기함(氣陷) 1. 기력이 없어서 가라앉음. 2. 갑작스레 몹시 놀라거나 아프거나 하여 소리를 지르면서 넋을 잃음.
삼우제(三虞祭) 삼우(三虞). 장례를 치른 후 세 번째 지내는 제사. 흔히 가족들이 성묘를 한다.

렁뱅이° 할멈을 어쩌자고 집에다 끌어들여 가지고……."

"거렁뱅이는 아니었대요. 성남 모란 시장 근방에서 광주리장수를 했다던데……."

"성남이 아니라 잠실 굴다리 밑에서 채소 장사를 했다니까……."

"아냐, 잠실은 맞는데 굴다리 밑이 아니라, 새마을 시장에서 고무줄이랑 덧버선이랑 그런 걸 조금씩 보자기에 싸 갖고 다니면서 팔다가 진태 엄마 눈에 띄었나 보던데……."

"암튼 그 마나님 이 집에 들어올 땐 내가 제일 잘 아는데 거렁뱅이나 다름없었다구. 봉두난발°에 땟국°에 전 등거리°에선 쉰내, 썩은 내가 코를 찌르구, 손톱, 발톱, 갈라진 발뒤꿈치에 낀 새까만 때만 긁어모아도 아마 연탄 한 뎅이는 실컷 만들고도 남을 만했으니까."

"설마?"

여자들이 깔깔댔다. 영감님이 숨을 거두자 일 거든답시고 겨끔내기°로 드나드는 이 집 맏며느리인 진태 엄마의 동창, 계 친구, 꽃꽂이 친구, 동네 친구들은 말이 많고 웃기들을 잘했다. 어젠 그래도 말소리들이 나직나직하고 웃음소리도 조심스럽더니

거렁뱅이 비렁뱅이. '거지'를 낮잡아 이르는 말.
봉두난발(蓬頭亂髮) 머리털이 마구 흐트러져 어지럽게 된 머리.
땟국 꾀죄죄하게 묻은 때.
등거리 등에 걸쳐 입는 홑옷의 하나. 깃이 없고 소매가 짧거나 없게 만든다.
겨끔내기 서로 번갈아 하기.

지 알고 내 알고 하늘이 알건만   163

오늘은 벌써 상가라는 걸 깜박깜박 잊는 모양이었다.

"이렇게 큰 소리로 웃어도 되는 거니?"

"어떠니? 호상인데."

"진태 엄마도 그새를 못 참고."

"뭘 말야?"

"마나님 끌어들인 지 삼 년도 채 안 됐잖아. 그동안만 어떡하든지 혼자서 시아버지 시중들었더라면 지금 얼마나 개운할 거냐 말야. 그야말로 호상이구."

"남의 일이니까 삼 년이 잠깐이지 중풍 들린 홀시아버지 시중 삼 년이 수월해? 그리고 제아무리 효자 효부도 악처만 못하단 소리도 못 들었어? 마나님 얻어 드린 게 진태 엄마로선 큰 효도 한 거지."

"하긴 진태 엄마만 한 효부도 드물 거야. 어젠 어찌나 서럽게 우는지, 그리고 여태껏 곡기를 끊고 저렇게 누워 있으니. 딸들이 셋이나 있으면 뭘 해. 모다 입 꼭 다물고 울음을 삼키고 있는 시늉들을 하더구만. 그 말똥말똥헌 눈 보면 몰라? 딸도 소용없고 아들도 소용없고, 돌아가시는 날까지 모신 며느리가 제일이라니까."

상가(喪家) 사람이 죽어 장례를 치르는 집.
호상(好喪) 복을 누리며 별다른 병치레 없이 오래 산 사람이 죽은 일.
효부(孝婦) 시부모를 섬기는 정성이 지극한 며느리.
곡기(穀氣) 곡식으로 만든 적은 분량의 음식.
✤ 곡기를 끊고 음식을 먹지 못하거나 먹지 않고.

"참 진태 엄마 우유라도 좀 뎁혀다 먹여야지. 효부도 좋지만 여태껏 곡기를 끊고 저렇게 기진해 있으니."

"그래 말야. 국하고 우유하고 가지고 들여다보자. 동서고금을 털어도 시아버지 따라 죽는 효부는 없다던데, 맹추 같으니라구."

여자들이 우르르 진태 엄마가 몸져누워 있는 안방으로 몰려가자 부엌이 비었다. 부엌에 딸린 작은 골방에서 꼼짝도 못 하고 웅숭그리고 있던 성남댁 할머니가 문을 빠끔히 열고 부엌 눈치를 살폈다.

"저 여편네들은 다녀도 꼭 작당을 해서 다닌다니까." 성남댁은 이렇게 중얼거리며 혀를 찼다. 뭔 일을 나누어 할 줄도, 찾아서 할 줄도 모르고 그저 한데 어울려서 손보다 입으로 더 많이 법석들을 떨던 여자들이 일제히 사라진 부엌은 난장판이었다. 가스레인지는 넷이나 되는 구멍마다 푸른 불을 넘실대며 뭔가를 맹렬히 끓이고 있었고, 부엌 바닥엔 다듬다 만 파 단과 긁다 만 무 토막이 슬리퍼짝과 함께 나동그라져 있었고, 부엌문을 가로막은 큰 교자상은 보다 만 상인지 물려 온 상인지 분간을 못 하게 어수선했다.

성남댁은 어제 받은 수모를 생각하면 못 본 척해야 된다고 생

기진하다(氣盡--) 기운이 다하여 힘이 없어지다.
작당(作黨) 떼를 지음. 또는 무리를 이룸.
교자상(交子床) 음식을 차려 놓는 사각형의 큰 상.

각하면서도 살금살금 나와서 국이 끓어 넘치는 쪽 가스 불을 알맞게 줄이고, 물이 다 졸은 제육은 젓갈로 찔러 보니 다 익은 것 같아 불을 껐다. 동태찌개는 잘 끓고 있었다. 간을 보니 슴슴했지만 시원했다. 간을 보느라 입맛을 다시기가 잘못이었다. 느닷없이 아귀같이 맹렬한 식욕이 치밀었다. 배 속에서 창자가 용트림을 하면서 단말마의 비명을 지르려는 것 같았다. 어제 새벽 영감님 임종 후 성남댁은 아직까지 한 번도 요기가 될 만한 걸 먹어 보질 못했다. 며느리가 곡기를 끊고 애통해하는데 명색이 마누라가 무얼 꾸역꾸역 먹을 수가 없었다. 그러나 진태 엄마가 애통 끝에 몸져누운 방엔 우유네, 잣죽이네, 요구르트네, 박카스네, 인삼차네 안 들어가는 게 없었지만 성남댁의 허기에 대해선 아무도 헤아려 주는 사람이 없었다. 부엌에 나오지도 못하게 했지만, 끼니때 부르지도 않았고 누구 하나 밥상을 차려 들여보내 주지도 않았다.

부엌엔 맨 먹을 것 천지였다. 설거지를 기다리는 교자상 위의 음식 찌끼만 해도 제육, 전유어, 나물, 찌개 국물, 국에 말아 남긴 밥 등 주린 배엔 다 진수성찬이었다. 깨끗한 척하기 좋아하

슴슴하다 심심하다. 음식 맛이 조금 싱겁다.
아귀(餓鬼) 염치없이 먹을 것을 탐하는 사람이나 매우 탐욕스러운 사람을 비유적으로 이르는 말.
용트림(龍--) 일부러 크게 힘을 들여 하는 트림.
단말마(斷末摩) 숨이 끊어질 때의 모진 고통.
요기(療飢) 시장기를 겨우 면할 정도로 조금 먹음.
명색(名色) 실속 없이 그럴듯하게 불리는 허울만 좋은 이름.
전유어(煎油魚) 얇게 저민 고기나 생선에 밀가루를 묻히고 달걀 푼 것을 씌워 기름에 지진 음식.

는 여편네들이 그런 것들을 휘뚜루˙ 쓰레기통에 처넣을 생각을 하면 성남댁은 가슴이 아렸다. 후딱 제육을 김치에 싸서 꿀떡 삼키려다가 체면이란 말이 생각나면서 반사적으로 손이 오므라들었다. 성남댁이 영감님 시중을 들고 나서 삼 년 동안 진태 엄마한테 가장 자주 들은 잔소리가 바로 "저희 집 체면을 생각해 주셔야죠"였던 것이다.

성남댁은 허리띠를 질끈 동여맨 몽당치마를˙ 입어야만 몸이 편했고, 엄동설한 아니면 버선이고 양말이고 갑갑해서 못 신었고, 우거지찌개하고 신 김치만 있으면 밥이 마냥 꿀맛 같은 대식가였고, 목에 왕방울을 단 것처럼 목소리가 컸고, 머리에 무거운 임을˙ 이고 다니던 버릇으로 걸을 땐 엉덩이를 몹시 흔들었고, 골목을 드나드는 리어카나 광주리장수가 외치는 소리만 나면 껑정껑정 뛰어나가 사지도 않을 물건을 살 듯이 만수받이하고˙ 싶어 했고, 말끝마다 걸쭉한˙ 욕지거리를 덧붙이지 않으면 맨밥 먹은 것처럼 속이 메슥메슥해하는 고약한 버릇들을 가지고 있었다. 그런 성남댁이 지금처럼 안존한˙ 보통 마나님으로 닦달질이˙ 된 것은 진태 엄마의 자기네 체면에 대한 줄기차고 차디찬

휘뚜루 닥치는 대로 대충대충.
몽당치마 몹시 해지거나 하여 아주 짧아진 치마.
임 머리 위에 인 물건. 또는 머리에 일 만한 정도의 짐.
만수받이하다 아주 귀찮게 구는 말이나 행동을 싫증 내지 않고 잘 받아 주다.
걸쭉하다 말 따위가 매우 푸지고 외설스럽다.
안존하다(安存--) 성품이 얌전하고 조용하다.
닦달질 남을 단단히 윽박질러서 혼을 내는 일.

경고 때문이기도 했지만 성남댁 자신이 주리 참듯* 참은 결과이기도 했다. 성남댁은 자신의 참을성이 흔들리려 할 적마다 열세 평짜리 아파트를 생각하고 이를 악물었다. 가르친 게 없어서 막벌이밖에 할 게 없는 아들이 일생을 벌어도 살까 말까 한 아파트를 단 몇 년 동안의 참을성만 가지고 얻어 가질 수 있다는 생각을 하면 자다가도 신바람이 나서 절로 엉덩이가 휘둘러졌다. 그러나 아들 며느리에 손자까지 있다는 건 어디까지나 성남댁 혼자만의 비밀이었다. 팔자가 이렇게 바뀔 줄 처음부터 알았던 건 아니건만, 아들 가진 늙은이가 너무 고생하는 건 아들 욕 먹이는 일밖에 더 되나 싶어 혼자 사는 박복한* 늙은이로 행세해 왔었다. 진태 엄마 역시 체면에 관계되는 상스러운* 거동에 대해선 매우 까다롭게 굴었지만 과거는 묻지 않았다. 그녀는 성남댁같이 막돼먹은* 여자의 과거에 대해선 본능적인 혐오감마저 품고 있는 것 같았다. 자기네 체면을 생각해 달라고 애걸할 때마다 매번 덧붙이는 말을 들어도 알 만했다.

"성남댁 할머니, 제발 그 광주리 이고 이리 쫓기고 저리 쫓길 때 티 좀 작작 낼 수 없어요? 창피하지도 않아요? 난 아무한테도 할머니가 그런 출신이란 걸 얘기 안 했단 말예요. 아이들

---

* 주리 참듯 '주리'는 '죄인의 두 다리를 한데 묶고 다리 사이에 두 개의 긴 막대기를 끼워 비트는 형벌'로, '주리 참듯'은 '모진 고통을 억지로 참음'을 비유적으로 이르는 말이다.
박복하다(薄福--) 복이 없다. 또는 팔자가 사납다.
상스럽다(常---) 말이나 행동이 보기에 천하고 교양이 없다.
막돼먹다 사람이나 그 언행이 거칠고 좋지 못하다.

한테도, 우리 애 아빠한테까지도 숨긴 할머니 본색을 그렇게 아무 때나 드러낼 때마다 난 아찔아찔하다니까요. 할머니만 그 티를 안 내면 감쪽같이 점잖은 집 안방마님 노릇 할 수 있다는 걸 왜 몰라요."

그런 소리를 귀에 못이 박이게 들었건만 진태 엄마 친구들은 벌써 어제부터 수군수군 속닥속닥 좀을 집듯이* 성남댁 과거를 들추어내더니 오늘은 숫제 성남댁도 들으라는 듯이 서로 목청을 돋우어 그 소문을 풍기고 있었다. 그 얌전하고 새침한 진태 엄마가 시아버지 숨 끊어지기가 무섭게 그 소문부터 냈단 말인가? 진작부터 다 풍겨 놓고 성남댁한테만 간특˙을 떨었단 말인가? 성남댁의 아둔한˙ 소견으론 도무지 종잡을 재간이 없었다. 실상 성남댁은 자신의 본색이 드러난 게 그닥 무안하거나 억울한 건 아니었다. 비록 광주리를 이고 온종일 쫓겨 다닌 적이 편히 퍼더버리고˙ 앉아 장사를 한 적보다 더 많은 고달픈 신세였지만* 뭘 잘못해서 쫓겨 다닌 건 아니란 생각 하나는 제법 확고했다. 그래서 이다음에 저승에 가서 벌을 받아도 행상들을 못살게 구는 데 이골˙이 난 시장 경비들이 받을 것이지 쫓겨 다닌 행

✤ 좀을 집듯이 아주 조금씩 조금씩 소리 없이.
간특(奸慝) 간사하고 악독함.
아둔하다 슬기롭지 못하고 매우 미련하거나 어리석다.
퍼더버리다 팔다리에 힘을 빼고 아무렇게나 편안히 기대어 앉거나 눕다.
✤ 광주리를 이고 ~ 고달픈 신세였지만 길거리에서 무허가로 장사를 하다 보니 제대로 앉아 있지 못하고 팔 물건들을 담은 광주리를 인 채 단속하는 사람들에게 쫓겨 다닌 적이 많다는 뜻이다.
이골 아주 길이 들어서 몸에 익숙하게 된 짓이나 버릇.

상이 받지는 않을 거라고 믿고 있었기 때문에 진태 엄마가 쉬쉬 숨기려 드는 것만큼 성남댁은 부끄러움을 못 느끼고 있었다.

"저희들끼리 실컷 찧고 까불라구.* 털어서 먼지 안 나는 사람 없다카지만 난 잘못한 거 하나 없으니까."

이런 배짱이기 때문에 진태 엄마 친구들이 그녀의 근본을 드러내서 웃음거리로 삼는 걸 탓할 마음은 없었다. 모란 시장이나 굴다리 밑, 새마을 시장에서 장사한 게 그렇게 신기한 거라면 내 모가지가 마늘 열 접을 이고도 끄떡없었다는 걸 알면 저 여편네들이 아마 다 진태 엄마 곁에 나란히 기함을 해 자빠질걸. 이런 익살스러운 마음까지 동했다.

성남댁이 이렇게 진태 엄마 친구들한테 너그러울 수 있는 건 진태 엄마에 대해 새롭게 품게 된 석연치 않은 마음 때문인지도 몰랐다. 성남댁이 부탁한 것도 아닌데 말끝마다 본색을 숨겨 주는 걸 그렇게 생색을 내고 나서 제가 먼저 풍긴 것도 성남댁으로선 도무지 이해할 수 없는 요망한 짓거리였지만 그녀의 표변한 태도는 더욱 괘씸했다.

어제 새벽 영감님이 운명하시자 며느리의 애통은 거의 난동

✻ 찧고 까불라구: 되지도 않는 소리로 이랬다저랬다 하며 몹시 경망스럽게 굴라고.
접: 채소나 과일 따위를 묶어서 세는 단위. 한 접은 백 개를 이른다.
석연하다(釋然--): (흔히, 뒤에 '않다', '못하다' 따위의 부정어와 호응하여) 의혹이나 꺼림칙한 마음이 없이 환하다.
요망하다(妖妄--): 1. 요사스럽고 망령되다. 2. 언행이 방정맞고 경솔하다.
표변하다(豹變--): 마음, 말, 행동 따위가 갑작스럽게 달라지다.
운명하다(殞命--): 사람의 목숨이 끊어지다.

에 가까웠다. 상주는 물론 진태, 진숙이까지 그녀의 애통을 달래고 돌보느라 정작 시체는 본 체 만 체였다. 정말 숨이 끊어졌나를 확인하고 팔다리를 곧게 뻗게 해서 손은 배 위에 모아 놓고, 발도 모아 놓고, 목을 바르게 하고 홑이불을 덮어 주는 일을 성남댁 혼자서 정성스럽게 했다. 그리고 장 속에서 망인°이 평소에 입던 저고리를 꺼내 놓으면서 초혼(招魂)°을 부를 때 쓰라고 일렀다. 그건 성남댁이 알고 있는 장례 절차였고 그 이상은 잘 알지도 못했지만 진태 엄마가 애곡°을 그치고 차차 알아서 할 일이지 자기가 간섭할 일이 아니라는 분수쯤은 알고 있었다. 그러나 영감님 시중에 전적으로 매달려 있다가 갑자기 놓여나니까 허전하기도 심심하기도 해서 뒤늦게 눈물이 나오려고 했다. 성남댁은 소리 죽여 흐느끼면서 할 일을 찾는다는 게 사잣밥°을 짓는 일이었다. 성남댁이 막 쌀을 씻어 안치고 가스불을 당기는데 애곡을 그친 진태 엄마가 뿌르르 부엌으로 나왔다. 진태 엄마는 애통한 사람답지 않게 살기등등해서° 묻는 것이었다.

"아니 거기서 뭘 하는 거예요?"

"사잣밥을 지을려고……. 참, 기별할° 데는 빨리빨리 기별을

망인(亡人) 죽은 사람.
초혼(招魂) 사람이 죽었을 때에, 그 혼을 소리쳐 부르는 일.
애곡(哀哭) 소리 내어 슬프게 욺.
사잣밥(使者-) 초상집에서 죽은 사람의 넋을 부를 때, 염라대왕이 보낸 저승사자를 대접하기 위해 차려 놓는 세 그릇의 밥.
살기등등하다(殺氣騰騰--) 살기가 표정이나 행동에 잔뜩 오른 상태에 있다.
기별하다(奇別--) 다른 곳에 있는 사람에게 소식을 전하다.

해요. 부엌 걱정은 말고. 초혼은 시신을 안 본 사람이 부른다지 아마. 요샌 장의사 사람이 그것도 불러 주겠지 뭐."

"성남댁, 빨리 들어가 있지 못해요! 여기가 어디라고 성남댁이 감히 감 놔라 배 놔라 하는 거예요?"

진태 엄마가 표독하게 말하면서 성남댁을 노려보았다. 성남댁은 한 대 얻어맞은 것처럼 어안이 벙벙해서 아무 말도 못 했다.※ 영감님이 살아 계실 때는 그래도 꼬박꼬박 '성남댁 할머니'라고 불렀었다. '성남댁 할머니'는 진태 엄마뿐 아니라 진태 아빠, 진태, 진숙이 등 이 집 식구는 물론 고모들, 파출부나 드나드는 손님에게까지 휘뚜루 통용되는 성남댁의 호칭이었다. 실은 그 호칭도 성남댁에게 그렇게 흡족한 건 아니었다. 우선 약속이 틀렸다.

진태 엄마가 성남댁을 맞아들일 때는 단순한 시아버지의 시중꾼으로서가 아니라 계모(繼母)로서였다. 깍듯이 시어머니로 모시고, 시아버지가 돌아가시면 아직도 시아버지 명의로 돼 있는 열세 평짜리 아파트를 주겠다는 조건을 무수히 되풀이했었다. 그 열세 평짜리 아파트에서 영감님하고 단둘이 살 때는 그래도 행복했었다. 영감님은 중풍으로 한쪽이 불편했지만 부축만 해 주면 곧잘 걸었고, 식성도 좋았고 마음씨도 너그러웠다.

※ 성남댁은 한 대 얻어맞은~아무 말도 못 했다 성남댁은 평소 진태 엄마가 '성남댁 할머니'라 부르는 것도 섭섭했는데, 영감님이 돌아가시자마자 '성남댁'이라고 낮춰 부르자 어이없어하는 것이다.
명의(名義) 어떤 일에 공식적으로 내세우는 문서상의 이름.

돈 아껴 쓰라는 잔소리가 처음엔 좀 듣기 싫었지만 다달이 며느리가 갖다주는 빠듯한 생활비에서 얼마간이라도 남겨서 성남댁한테 주고 싶어서 그런다는 걸 곧 알게 됐다. 이 년 남짓 그렇게 살다가 다시 한번 중풍이 도진 영감님은 몸져누워서 의식이 오락가락했고 대소변을 받아 내야 했다. 그렇게 되자 진태 엄마는 자식 된 도리를 내세워 합치자고 했고 성남댁은 알뜰히 정들인 열세 평짜리 아파트를 내놓고 영감님을 따라 진태네로 들어갈 수밖에 없었다. 따로 살 때도 어머님 소리를 들어 본 것 같진 않았지만, 합치고 나서 휘뚜루 부르는 '성남댁 할머니'도 처음에만 좀 섭섭하다가 곧 예사로워졌다. 가끔 '댁'은 빼고 성남 할머니라고만 해도 듣기에 한결 붙임성˙ 있으련만 하는 정도의 욕심이 날 적도 있었지만 그걸 입 밖에 낸 적은 없었다. 그 정도가 성남댁의 욕심의 한계였다. 그녀 역시 진태 엄마처럼 귀부인 티가 철철 흐르는 여자를 감히 며느리뻘이 된다고 생각해 본 적이 없었다. 그래 그런지 할머니를 뺀 성남댁이란 하대˙를 당하고도 분하고 괘씸한 생각이 오래가지 않았다. 다만 영감님 장사나 지내고, 셈이나 끝내고 나서 남 돼도 늦지는 않으련만, 하고 진태 엄마의 조급한 성미를 딱하게 여기는 게 고작이었다. 셈이란 물론 열세 평짜리 아파트의 인수인계˙를 의미했다.

붙임성(--性) 까다롭게 굴지 않고 남과 쉽게 사귀는 성질.
하대(下待) 1. 상대편을 낮게 대우함. 2. 상대편에게 낮은 말을 씀. 또는 그 말.
인수인계(引受引繼) 물려받고 넘겨줌.

진태 엄마 친구들이 우르르 부엌 쪽으로 몰려나올 기미에 성남댁은 얼른 방으로 숨었다. 먹을 거라고 가지고 들어온 게 겨우 무 꽁지 토막이었다. 성남댁은 손톱으로 대강 껍질을 까고 아귀아귀 무를 먹기 시작했다. 꽁지 토막이라 지린 맛밖에 안 났지만 배 속으로 들어가선 제법 독하고 쓰리게 창자를 무두질했다.
 뭐니뭐니 해도 배고픈 설움이 제일인데, 성남댁은 영감님 생각이 나서 꽁지 토막이나마 무를 끝까지 다 먹지 못했다. '정작 살 대고 자식 낳고 산 서방이 죽었을 때는 젊으나 젊은 나인데도 그저 자식새끼들하고 앞으로 먹고살 걱정만 태산 같아 눈물이고 콧물이고 한 방울 안 흘려서 독종 소리도 들었건만 이게 무슨 꼴이람. 아무리 배지가 부른 탓이라지만 죽은 서방이 알면 섭하겠다.' 속으로 이러면서 성남댁은 치맛자락으로 눈시울을 눌렀다.
 아파트에서 영감님하고 둘이서만 살 때는 끼니때마다 요것조것 챙겨서 영감님 공경을 극진히 했었다. 영감님은 워낙 식성이 좋은 데다가 할 일 없는 늙은이의 식탐까지 겹쳐 잘 잡수면서도 가끔 식비가 너무 많이 든다고 잔소리를 했었다. 영감님은 자기가 죽은 후에 그 아파트를 주기로 며느리가 성남댁에게 약조한 걸 모르는 것 같았다. 그래서 다달이 며느리로부터 받는

무두질하다 몹시 배가 고프거나 속병이 나서 속이 쓰리고 아픈 경우를 비유적으로 이르는 말.
배지 '배'를 속되게 이르는 말.

생활비에서 한푼이라도 더 여퉈서˙ 성남댁에게 주고 싶어서 하는 잔소리기 때문에 듣기 싫지가 않았었다. 이차 중풍이 들어 아들네로 들어오고 나서도 영감님의 식욕은 줄지 않았다. 그러나 진태 엄마는 밥은 반 공기, 라면이면 반 개 이상은 주지 않았다. 점심때면 부엌에 나와 칼로 라면을 탁 반으로 내리쳐서 반은 봉지에 도로 넣어 서랍 속에 챙겨 넣고, 반만 남겨 놓으면서 "아버님 점심 준비하세요" 할 때의 진태 엄마의 목소리는 어찌 그리 정 없이 야멸차던지˙. 영감님은 말도 못 하고 늘 눈으로 걸근걸근했다˙. 누운 채 꼬불꼬불한 라면 줄기를 쪽쪽 빨아들이다가 그릇이 비어 갈 무렵엔 빈 그릇과 성남댁 얼굴을 번갈아 바라보면서 슬픈 빛이 가득하던 영감님 눈을 생각하면 성남댁은 지금도 하늘이 무섭다.✽ 앞으로는 벼락 치는 밤에 제대로 잠을 잘 것 같지 않다. 낸들 무슨 수가 있었어야 말이지. 성남댁은 하늘에겐지 자신에겐지 어설프게 변명을 한다. 정말 어쩔 수가 없었다. 진태 엄마는 라면 반 개 끓일 때 외엔 성남댁에게 부엌 출입을 안 시켰고 냉장고까지 꼭꼭 잠가 놓고 살았다. 성남댁이야 실컷 먹을 수 있었지만 파출부하고 따로 식당 바닥에 앉아서 하

여투다 돈이나 물건을 아껴 쓰고 그 나머지를 모아 두다.
야멸차다 1. 자기만 생각하고 남을 돌볼 마음이 거의 없다. 2. 태도가 차고 야무지다.
걸근걸근하다 음식이나 재물 따위를 얻으려고 자꾸 치사하고 구차스럽게 굴다.
✽ 누운 채 꼬불꼬불한 ~ 지금도 하늘이 무섭다 영감님이 음식을 먹고 싶어 하는데도 진태 엄마는 영감님에게 먹을 것을 충분히 주지 못하게 했고, 이에 성남댁은 영감님의 기본적인 욕구조차 들어주지 못했다는 죄책감에 하늘이 무섭다고 표현한 것이다.

는 식사니 무얼 남겨 빼돌릴 엄두를 못 냈다.

"다 성남댁 할머닐 위해서 그러는 거예요. 자시고 싸시는 게 일인 양반 양껏 드려 보세요. 그 똥을 이루 다 어떻게 치고 그 빨래는 이루 다 어떻게 빨려고 그러세요?"

영감님 진지를 조금씩만 더 드리자고 성남댁이 애걸할 때마다 진태 엄마는 이렇게 성남댁을 생각해 주는 척했다. 그러나 영감님은 아무리 진지를 조금밖에 안 드려도 똥은 많이도 쌌다. 그동안 성남댁은 밤낮없이 똥오줌에 파묻혀 살았다고 해도 과언이 아니었다. 기저귀고 바지고 홑청이고 이루 빨아 댈 수가 없이 금방금방 싸 놓고는 낑낑댔다. 탈수기란 게 있었게 망정이지 어쩔 뻔했을까. 성남댁은 하루에도 몇 번씩 탈수기란 신기한 기계를 고마워했다. 조금 먹고 많이 싸는 것만큼 영감님은 하루하루 여위어 갔다. 그 신수 좋던 영감님이 갈비뼈가 앙상하게 드러나고 무릎뼈는 고목의 옹이처럼 불거지고 장딴지는 말라붙었다. 성남댁은 지금 영감님이 죽은 게 아니라 사그라진 것처럼 여기고 있었다.

영감님이 살아 있을 땐 진태 엄마가 성남댁에게 부엌 출입을 잘 안 시키더니, 돌아가시고 나니 진태 아빠가 또 성남댁을 빈소

자시다 '먹다'의 높임말.
홑청 요나 이불 따위의 겉에 씌우는 홑겹으로 된 천.
신수(身手) 1. 용모와 풍채를 통틀어 이르는 말. 2. 얼굴에 나타난 건강 색.
옹이 나무의 몸에 박힌 가지의 밑부분.
빈소(殯所) 상을 당하여 상여가 나갈 때까지 관을 놓아두는 방.

에서 내몰았다. 빈소는 영감님이 운명하신 방에 차렸기 때문에 성남댁은 으레 거기 있어야 될 줄 알았다. 그러나 진태 아빠는 몹시 데면데면한 말투로 조객들 보기에 뭣하니 남의 눈에 안 띄는 데 가 있으라고 말했다. 뭣하다는 게 무슨 뜻일까? 진태 엄마만 같아도 따지고 넘어갔으련만 진태 아빠는 어려워서 하라는 대로 빈소가 있는 방을 쫓겨났다. 허구한 날 똥 치고 씻기느라 공깃돌 다루듯 하던 영감님이건만 염습하는 것도 입관하는 것도 못 보게 했다. 입관 후 남들의 어깨 너머로 얼핏 본 관은 칠이 얼굴이 비치게 번들대고 자개로 된 무늬까지 박혀 있었고 엄청나게 컸다. 관의 호사스러움과 크기는 더디욱 영감님은 죽은 게 아니라 사그라졌다는 느낌을 더했다. 영감님은 점점 부피와 무게가 줄다가 어느 날 마침내 사그라졌기 때문에 저 관은 비어 있으리라고 성남댁은 생각했다.

부엌으로 돌아온 여자들이 시아버지의 죽음을 애통해하다 지친 진태 엄마의 효성을 한바탕 칭송도 하고 못마땅해하기도 하다가 어째 화제가 이상한 방향으로 흐르기 시작했다.

"얘, 너 이런 거 생각해 본 적 없니?"

여자는 낄낄대기부터 했다.

데면데면하다 사람을 대하는 태도가 친밀감이 없고 어색하다.
조객(弔客) 상주(喪主)를 위문하러 온 사람.
염습하다(殮襲--) 죽은 사람의 몸을 씻긴 뒤 옷을 입히고 삼베로 싸다.
입관하다(入棺--) 시신을 관 속에 넣다.
자개 금조개 껍데기를 썰어 낸 조각. 빛깔이 아름다워 여러 가지 장식용으로 쓰인다.

"뭘?"

"난 그 생각만 하면 자다가도 웃음이 난다니까."

"뭔데 무엇 본 벙어리처럼 웃기부터 하고 지랄이야."

"있잖아, 이 집 후취˙ 마나님인지 성남댁인지 그 여자하고 돌아가신 영감님하고 자 봤을까?"

"자 보다니? 으응 잠것, 생각하는 것하고……."

"나도 그건 궁금하더라 뭐. 아파트에 사실 때야 영감님 신수가 좀 훤했어? 살집 좋고 정정하기가 매일 밤이라도 자겠더라."

"정정한 거 좋아하네. 그때 벌써 중풍 들어서 한쪽 팔다리는 건덩건덩˙ 맥을 못 추었잖아˙?"

"그렇다고 가운뎃다리까지 맥을 못 추는 걸 네가 봤냐, 봤어?"

"아유 잠것, 재만 끼면 나까지 입이 걸어진다니까. 상종˙을 말아야지."

"말렴, 네가 아무리 얌전한 척해도 네 남편은 지금 이층 와이당˙ 판에서 가오 잡고˙ 있더라."

"건 또 어떻게 알았어?"

후취(後娶) 재취(再娶). 두 번째로 장가들어 맞이한 아내.
건덩건덩 달려 있는 물체가 자꾸 가볍게 흔들리는 모양.
❉ 맥을 못 추었잖아 '맥(脈)'은 '기운이나 힘'을 뜻하는 말로, '맥을 못 추다'는 '쇠약해진 몸을 똑바로 가누지 못하다'는 의미이다.
걸다 (말솜씨가) 거리낌이 없고 험하다.
상종(相從) 서로 따르며 친하게 지냄.
와이당[猥談] 음담, 즉 '음란하고 방탕한 외설스러운 이야기'라는 뜻의 일본어.
❉ 가오 잡고 '가오(顔)'는 '얼굴'을 뜻하는 일본어로, '가오 잡다'는 '폼을 잡다'를 속되게 이르는 말이다.

"음식 나르면서 귓결에 그것도 못 들을까?"

"상갓집에서 와이당 한판 못 벌여도 바보다. 네 남편은 정견 발표라도 하고 있다던?"

"우리 남편은 노름 쪽이야. 입 꾹 다물고 눈에 불을 켜고."

"잘해 보시라지. 선거 자금 톡톡히 보탤 수 있을걸."

"쟤네들은 어디서고 만났다 하면 싸움이라니까. 그만 해 두고 본론으로 들어가지 않을래?"

"본론이 뭐였지?"

"마나님하고 영감님이 잤을까 안 잤을까 말야."

"잤을까 못 잤을까지."

"못 잤으면 마나님이 여태껏 붙어 있었을라구."

"마나님이 나이 몇인데 설마 그런 거 바라고 재가를 해 왔을까?"

"확실한 나이는 모르지만 워낙 건강하고 상스럽잖아?"

"건강은 몰라도 상스러운 게 그런 욕망하고 무슨 상관이니?"

"상관이잖구. 상스럽다는 건 고상하다는 것보다는 단순하단 뜻이고 단순한 사람일수록 그런 재미밖에 바칠 게 뭐가 있겠어."

"네 말도 일리는 있다. 우리 남편 말야, 회사 그만두고 뒤늦

귓결 우연하게 듣게 된 겨를.
정견(政見) 정치에 관한 의견이나 견해.
재가(再嫁) 결혼했던 여자가 남편과 사별하거나 이혼한 후 다시 결혼함.

게 석사 박사 해서 겨우 지방 대학 교수 자리 하나 얻고부턴 머리만 센 게 아니라 그것도 못하는 거 있지. 나 역시 자원봉사니 뭐니 이것저것 신경 쓰는 데가 많다 보니 통 그 방면에 뜻이 없어지더라."

"애 좀 봐. 느이나 우리나 나이 생각을 해라. 그럴 때가 돼서 그런 거지 느이가 특별히 고상해서 그런 줄 아니?"

"그러니까 우리 나이가 다 이미 그 방면의 사양길이다 이거지?"

"그렇다. 왜 아쉽냐? 이 시대가 워낙 조숙하고 조로하는 시대 아니냐?"

"거창하게 나오네. 시대까지 들먹이고. 저희들은 그따위로 조로하는 주제에 사실 만큼 사시고 돌아간 영감님하고 마나님을 가지곤 그 무슨 불결한 상상들이니?"

"다 그럴 만해서 하는 소리야. 너 아직 그 망측한 얘기 못 들었구나, 진태 엄마한테."

"무슨 얘긴데?"

"글쎄 말야……."

여자가 말끝을 흐리며 웃기부터 했다. 음란한 상상력을 유발

세다 머리카락이나 수염 따위의 털이 하얗게 되다.
사양길(斜陽-) 새로운 것에 밀려 낡은 것이 차츰 몰락해 가는 과정을 비유적으로 이르는 말.
조로하다(早老--) 나이에 비하여 빨리 늙다.
망측하다(罔測--) 사리에 맞지 않고 어이가 없어서 차마 보거나 듣기가 어렵다.

하기에 알맞은 육감적인 웃음이었다.

"쟤는, 누굴 약 올리고 있어, 빨리 말해 봐."

"진태 엄마한테 들은 얘긴데, 마나님이 보통내기가 아니었다더라. 대소변을 받아 내게 되고부터 저 아니면 누가 그 노릇 하랴 싶었던지 제법 세도가 당당했대. 또, 한번 싸고 나면 방으로 물을 몇 대야씩 가져오게 했는데, 아무리 깨끗하게 거두는 것도 좋지만 어떤 때는 너무 오래 걸리는 것 같아 살그머니 들여다보면, 글쎄 영감님 아랫도리를 마냥 주무르고 있더라지 뭐니?"

"어머머, 망측해라."

"아이, 징그러워."

여자들이 계집애처럼 생경한 교성을 지르면서 자지러지게 웃기 시작했다.

저, 저런 해괴망측한 것들이 있나. 저희들도 자식 길러 보았으면 똥 싼 머슴애 아랫도리 씻기기가 얼마큼 더 손이 간다는 것쯤은 모르지 않으련만 늙은이들을 가지고 어떻게 그런 흉측한 생각들을 할 수가 있을까? 성남댁은 분해서 부들부들 치가 떨렸다. 영감님이 똥 싸 뭉갠 걸 치고 씻기는 일은 정말 못 할 노릇이었지만, 특히 늙어서 겹겹의 주름만 남은 아랫도리에 말

생경하다(生硬--) 처음이거나 익숙하지 않아 어색하다.
교성(嬌聲) 여자의 간드러지는 목소리.
자지러지다 웃음소리나 울음소리가 온몸에 짜릿한 느낌이 들 정도로 빠르고 잦게 들리다.

라붙은 걸 말끔히 씻겨 주는 일은 여간한 비위와 참을성 가지곤 어림없는 일이었다. 자꾸자꾸 싸는 거 대강대강 해 둘까 하다가도 내가 이 일을 소홀히 하고 아파트를 바란다면 그건 도둑놈의 배짱이니 죄받지 싶어 욕지기를 주리 참듯 참으면서 정성을 다했었다.

성남댁은 부엌에서 찧고 까부는 여편네들보다 그 일을 그렇게 고약하게 풍긴 진태 엄마한테 만정이 떨어지고 오장육부가 다 떨려서 구정물 맞은 개처럼 연방 온몸으로 진저리를 쳤다.

"내 그럴 줄 알았다니까."

"뭘?"

"마나님 걸음걸이 보면 모르냐? 이렇게 엉덩이를 맹렬히 돌리면서 걷는 걸음걸이 말야. 이렇게."

여자는 몸소 흉내까지 내는 듯 다시 숨이 끊길 듯 자지러진 웃음소리가 들렸다. 아직도 부들부들 떨고 있는 방 안의 성남댁에게 그 웃음은 모닥불을 끼얹은 듯이 사정없이 화끈거렸다.

"난 흉내도 못 내겠어."

"그래 네 엉덩이 가지곤 어림도 없다."

욕지기 속이 메스껍고 역겨워 토할 듯한 느낌.
만정(萬情) 모든 정(情).
오장육부(五臟六腑) 오장과 육부라는 뜻으로, 내장(內臟)을 통틀어 이르는 말.
연방(連方) 연속해서 자꾸.
✤ 아직도 부들부들 떨고 있는 ~ 사정없이 화끈거렸다 부엌에서 수다를 떠는 여자들의 웃음소리는 성남댁을 비웃는 것이다. 성남댁은 자신의 진심과 상관없이 부도덕한 여자로 취급받자 심한 모욕감을 느낀다. 그런 심정을 모닥불을 끼얹은 듯 화끈거린다고 표현한 것이다.

"암튼 너희들도 봤으니까 짐작하지? 그런 걸음걸이는 아직도 그 방면에 왕성하단 표시야."

성남댁이 영감님을 모시기로 작정한 것은 진태 엄마가 제시한 아파트에의 유혹도 유혹이지만 첫 대면한 영감님이 한눈에 남자로서의 기능이 없어 보였기 때문이기도 했다. 아무리 아파트에 욕심이 나도 다 늦게 그 짓까지 하고 싶진 않았었다. 한창 나이에 과부가 됐지만, 먹고살 걱정이 태산 같아 몸으로 남자 생각을 해 본 적이 없는 성남댁은 그 방면의 결벽증이 남달랐다. 만일 영감님이 성남댁의 짐작대로가 아니었다면 그녀는 아파트가 아니라 빌딩이 한 채 생긴대도 어마 뜨거라, 뿌리치고 달아났을 것이다. 고맙게도 영감님은 성남댁을 믿음직한 친구처럼 대해 줬다. 그래서 성남댁은 나중에 저승에 가서 먼저 죽은 서방을 만날 일이 조금도 겁나지 않았다. 누가 뭐래도 서방만은 그녀가 일부종사했다는 걸 알아주겠거니 싶어서였다.

"아무튼 여러 가지로 마나님이 안됐다."

"그래도 처음엔 좀 즐겼겠지."

"즐겨 봤댔자지. 그 정력적인 엉덩이짓에 중풍 들린 영감님이 아랑곳이니?"

"그러고 보니 영감님도 안됐다."

"너무 쎈 마나님 얻어서 명 재촉한 거 아냐? 몇 년은 더 사실걸."

일부종사하다(一夫從事--) 한 남편만을 섬기다.

"그 노인도 살 만큼 사셨어. 말년에 한번 화끈하게 살아 보셨겠다, 아까울 거 하나도 없어. 진태 엄마도 홀가분하게 좀 살아 봐야지 않니. 저것들은 시집살이들을 안 해 봐서 남의 사정을 저렇게 모른다니까."

"하긴 그래. 네 말이 맞다. 혹시 성남댁이 시어머니 행세하고 눌어붙는 일은 없겠지?"

"안 그럴 거야. 영감님 돌아가시자마자 빈소고 부엌일이고, 모른 척 꼴도 안 비치는 걸 보면 알잖니?"

"호적엔 올렸을까?"

"누굴, 성남댁을? 쟤는 어림 반푼어치도 없는 소리를 하고 있네. 진태 엄마가 누군데 그런 후환을 남길 짓을 하겠어?"

"돈이나 얼마간 주어서 내보내면 되겠군, 그럼."

"돈 문제는 성남댁이 진태 엄마보다 훨씬 더 영악했다나 봐. 아무튼 두 분이 그 쪼끄만 아파트에 살면서 생활비는 진태네 이 큰살림 하는 것하고 똑같이 타 갔는데도 다달이 한 푼도 안 남는 것처럼 우는소리를 했다니까. 하도 기가 막혀서 사는 꼴을 가 보면 그렇게 안 해 먹고 살 수가 없었다니 그 돈이 다 어디로 갔겠어? 이 년을 넘어 그렇게 살았으니 성남댁은 그동안 한 재산 챙겼을 거야. 그래도 늙어서도 부부간이라는 게 뭔지 영감님은 한 푼이라도 마나님을 더 주고 싶어 그렇게 못

후환(後患) 어떤 일로 말미암아 뒷날에 생기는 걱정과 근심.

얻어먹으면서도 뒤론 또 며느리한테 손을 내밀었나 보더라. 그럴 때마다 속상해하는 소리를 나도 여러 번 들었느니라."

"그래도 왕년엔 한가락 하던* 양반이 늘그막엔 돈줄*이 설마 아들 며느리밖에 없었을까?"

"당신 재산 있던 건 아마 다 아들 명의로 넘겨줬을걸. 아주 다 주긴 섭섭했던지 쪼끄만 아파트 하나 당신 명의로 갖고 있던 거가 그래도 말년엔 꽤 쓸모가 있었지. 거기서 새 마나님하고 꿀 같은 신접살림*을 했으니까. 어떻든 생전에 다 자식 줄 건 아니더라구."

"그 아파트가 그럼 영감님의 유일한 유산이겠네."

"유산이 되기 전에 벌써 팔아 치웠다더라. 중풍이 도져* 이 집으로 합칠 때, 다시 그 집으로 들어가시게 될 것 같지도 않고, 놔둔다고 큰 재산 될 것도 아니어서 후딱 팔아 치웠다나 봐. 잘했지 뭐. 대단찮은 것도 유산이랍시고, 세금이니 분배 문제니 구질구질한 문제가 생길지도 모르니까."

아니 우리 아파트를 팔다니, 내 집을 누가 팔아, 누구 맘대로 내 집을 팔아먹어? 대명천지* 밝은 날에 이런 법이 어디가 있어?

성남댁은 벌떡 일어났다. 당장 진태 엄마한테로 달려가서 따

✤ 한가락 하던 어떤 방면에서 뛰어난 재주나 솜씨가 있던.
돈줄 돈을 융통하여 쓸 수 있는 길이나 방도.
신접살림(新接--) 처음으로 차린 살림살이.
도지다 나아지거나 나았던 병이 도로 심해지다.
대명천지(大明天地) 아주 환하게 밝은 세상.

질 작정이었다. 늘 반짝이는 금줄이 걸린 희고 상큼한 진태 엄마의 멱살을 왁살스럽게* 움켜잡고 들입다* 흔들면서 따지고 싶어서 근질대는 주먹을 쥐었다 폈다 어쩔 줄을 몰랐다. 그러나 문밖에 있는 그 해괴한 소문을 퍼뜨리던 요사스러운* 입들을 생각하면 선뜻 발이 떨어지질 않았다. 문밖의 소문의 울타리에 성남댁은 진저리를 쳤고 공포감을 느꼈다. 따져야 돼, 암 따져야 하구말구. 제까짓 것들이 무서워서 죽은 듯이 들엎드려만* 있을까 보냐. 성남댁이 소문의 울타리에 지레 겁을 먹고, 당하기도 전에 허우적대기부터 하는 자신에게 이렇게 용기를 불어넣으려고 할 때였다. 문밖의 소문은 계속되었다.

"미리 엄마야, 네가 떡집에 갔다 올래? 인절미를 두 말쯤 맞출까?"

"얘는 누가 떡을 그렇게 먹는다고…… 그리고 전화로 해도 될걸. 얘, 그건 내일 쓸 전유어야. 뒤꼍으로 내놔. 여기 놔뒀다간 또 금방 다 없어지겠다. 상엔 제육이나 놓으렴. 제육도 다 떨어졌다고? 아유, 먹성들도 좋아. 나물도 내일 쓸 걸 다시 무쳐야 할까 보다."

"산소도 아니고 화장장인데도 먹을 걸 이렇게 잔뜩 해 가야

왁살스럽다 험상궂고 포악하며 드센 데가 있다.
들입다 세차게 마구.
요사스럽다(妖邪---) 요망하고 간사한 데가 있다.
들엎드리다 밖에 나가 활동하지 않고 안에만 머물다.

되는 거니?"

"그럼, 화장장이라고 거기까지 온 손님들을 맨입으로 보낼 수는 없잖니?"

"참, 이만큼 살면서 여태껏 산소 자리 하나도 못 장만해 놨나, 산 사람 체면이 있지, 어떻게 화장을 하니?"

"산소 쓰려면야 미리 장만 안 해 놔도 요샌 공원묘지라는 게 얼마나 편한데. 그게 아니라 영감님이 화장을 해 달라고 유언을 하셨다나 봐. 진태네가 미국 가 있을 동안 시어머니가 돌아가셨지 않니. 그때 영감님은 딸들만 데리고 장사를 치르면서 심정이 착잡했나˚ 봐. 이 다음 세상에야 조상의 묘소 알뜰히˚ 돌볼 자손이 어딨겠느냐고 부득부득 마나님을 화장하자고 하셨나 봐. 딸들도 못 말리고 영감님 뜻대로 됐는데, 영감님은 그걸 두고두고 마음에 두고, 아무리 죽어서라도 무슨 재미로 혼자 땅에 묻히겠느냐고, 절대로 싫다고 하셨다는군. 마나님이 연기가 됐으니 당신도 연기가 돼야 다시 만날 수 있으리라 생각하셨나 보지 아마. 자식 된 도리로 화장으로 모시기가 섭섭한 건 당연하지만 유언을 지키는 것은 더 큰 자식 된 도리 아니겠어."

성남댁은 조용히 그 자리에 주저앉았다. 그녀는 자신 속에서

착잡하다(錯雜--) 갈피를 잡을 수 없이 뒤섞여 어수선하다.
알뜰히 아끼고 위하는 마음이 참되고 지극할 정도로.

앙심과 분노와 결의가 빠져나가는 피익, 소리를 멀리서 나는 소리처럼 아스라이 듣고 있었다. 이윽고 그런 것들이 다 빠져나가자 그녀는 터진 풍선처럼 참담하고 무력해졌다. 영감님이 화장을 원하고 유언까지 남겼다는 건 새빨간 거짓말이었다. 먼저 간 마나님을 영감님이 우겨서 화장을 한 건 사실이었지만, 어머니가 돌아가셨다는데도 귀국하는 대신 조위금 몇 푼 보냈다는 전화로 때운 아들에 대한 노여움으로 그렇게 했다고 했다. 영감님은 성남댁한테 먼저 마나님과의 유별난 금슬을 숨기려 들지 않았기 때문에, 그 마누라가 불구덩이에 들어갈 때 얼마나 뜨거웠을까 생각만 하면 금창이 미어지는 것 같다는 하소연을 자주 했었다. 나 죽거든 집도 없는 마누라 혼백이라도 내 무덤에 불러들여 지난날의 그 몹쓸 짓을 사과하고 위로하고 잘해 줘야지, 하는 소리도 들은 적이 있었다. 가끔 꿈에 뵈는 마누라는 이마가 지글지글 타고 있거나 불붙은 옷을 입고 뜨겁다고 펄펄 뛰더라고 말하는 소리만 들어도 영감님이 마나님을 화장한 걸 얼마나 마음속 깊이 후회하고 있는지 알 만했다. 그런 영감님이 자신의 화장

아스라이 먼 곳에서 들려오는 소리가 분명하지 않고 희미하게.
❧ 그녀는 자신 속에서 ~ 터진 풍선처럼 참담하고 무력해졌다 성남댁은 진태 엄마가 영감님이 살아 계시는 동안 있었던 일에 대해 이상한 소문을 내고, 애초에 약속한 열세 평짜리 아파트를 아무 말 없이 팔아 치운 것을 알고 이에 분노하여 따지려 했다. 하지만 진태 엄마가 영감님의 생전 바람과는 달리 거짓말까지 해 가며 영감님의 시신을 화장하는 것을 보고, 진태 엄마의 영악함에는 대적할 수 없음을 알고 절망한 것이다.
조위금(弔慰金) 죽은 사람을 조문하고 유가족을 위문하는 뜻을 나타내기 위하여 내는 돈.
금창(金瘡) 칼, 창, 화살 같은 쇠붙이 끝에 다친 상처.
❧ 금창이 미어지는 것 같다 가슴이 찢어질 듯이 심한 고통이나 슬픔을 느끼다.

을 유언으로 부탁했다니 말도 안 되는 소리였다. 두 번째로 중풍이 들고 나선 임종 때까지 유언을 할 만한 의식은 돌아오지 않았고, 임종이 임박한 걸 가족들에게 알린 것도 성남댁이었다.

그렇지만 성남댁이 이제 와서 그게 아니라고 한들 대체 누가 믿어 준단 말인가? 진태 엄마의 친구들 말짝으로 사람됨이 단순한 성남댁이지만 사정은 너무도 뻔했다. 성남댁은 비로소 자기만 빼놓고 모든 사람이 가담해서 진행시키고 있는 교묘한 음모를 감지했다. 그 음모는 불과 이틀 전까지 이 집안을 드높은 기성(奇聲)과 지독한 똥구린내로 가득 채우고 거침없이 지배하던 영감님을 흔적도 없이 말살하려 하고 있었다. 그녀가 진태 엄마와 둘이서만 맺은 약속쯤 감쪽같이 없던 걸로 하는 건 문제도 아닐 터였다. 자기에게 이롭지 않은 건 가차 없이 무화(無化)시키는 간악한 음모의 톱니바퀴에 성남댁은 스스로 곁다리로 말려들면서 누가 흠씬 밟아 놓은 것처럼 입체감을 잃고 짜부라졌다. 한동안 그리고 있었다. 체념이 너무 속도가 빨랐던지 아직 얼얼한 배신감이 남아 있었지만, 덤으로 편안했다.

말짝으로 '말 그대로'라는 뜻의 사투리.
기성(奇聲) 기이한 소리. 괴상한 소리.
무화시키다(無化---) 없는 것으로 하다.
✽ 자기에게 이롭지 않은 건 ~ 입체감을 잃고 짜부라졌다 성남댁은 진태네 가족이 영감님의 생전 바람과는 달리 그럴듯한 이유로 신속하게 화장을 결정하는 것이나, 자신에게 주기로 약속했던 아파트를 일찌감치 팔아 치우는 등 자신들의 잇속만 챙기는 것을 뒤늦게 알게 된다. 하지만 이미 진태 엄마가 성남댁을 철저히 배제하고 안 좋은 소문을 퍼뜨려 놓았기에 아무도 성남댁의 말을 믿으려 하지 않는 상황이다. 성남댁은 겉으로는 점잖은 척하면서 사실은 속물적인 이들의 위선을 폭로하거나 이에 대항할 수 없기 때문에 체념하고 좌절한다.

그날 밤 성남댁은 잘 잤다. 다음 날 그녀는 흰 치마저고리로 갈아입고 아무의 허락도 받지 않고 영구차에 올라탔다. 아직도 진태 엄마는 곡기를 끊고 애통 중이었으므로 조객들의 심심한 위로와 관심을 한 몸에 모으고 있었다. 친구들이 앞뒤 좌우에서 다 죽어 가는 맏며느리를 삼엄하게 부축을 하며, 병원에 가서 링거라도 꽂고 가야지 쌍초상 나겠다고 방정맞게 설쳤지만 그녀는 점잖게 도리머리를 흔들고 영구차에 올라탔다. 조객들은 여기저기서 요새도 저런 효부가 있다니, 하고 수군대기도 하고 인기 배우의 연기를 구경하듯이 얼빠진 얼굴로 들여다보기도 했다. 장례식에서조차 주역은 망인이 아니라 진태 엄마였다. 보다 못한 시누이들이 영구 위에 엎드려 한바탕 통곡을 했지만 그 주역의 자리는 끄떡도 안 했다. 그녀는 백랍처럼 핏기가 바랜 얼굴로 남편의 무릎 위에 하얀 손수건처럼 떨어져서 또 한바탕 소동을 빚었고, 남편도 연기가 좀 지나치다 싶었던지,

"이 사람이 워낙 아버님을 지극정성으로 모셨으니까 그만큼 충격도 컸겠지만 몸살도 날 만해요. 꼬박 열 달을 대소변을 받았으니까요. 성질은 또 지랄같이 깔끔해서 뭘 대강대강 하는 건 모르니까 그 고초가 이만저만했겠어요?"

영구차(靈柩車) 장례 때, 시체를 넣은 관을 실어 나르는 차량.
심심하다(甚深--) (마음이) 매우 깊고 간절하다.
도리머리 싫다거나 아니라는 뜻으로 머리를 좌우로 흔드는 행동. 도리질.
영구(靈柩) 시체를 담아 넣는 관.
백랍(白蠟) 꿀벌이 분비하는 물질을 하얗게 표백한 것. 여기에서는 얼굴색이 창백하다는 뜻이다.

그걸 들은 사람들은 더욱 크게 감동해서 기를 쓰고 턱들을 주억거리고 있었다. 성남댁은 무안해서 얼굴이 달아올랐다. 영구차 속에서 성남댁은 단 하나의 진짜였기 때문에 조마조마하고 무섭고, 당당치가 못했다. 그녀는 자신이 진짜임이 탄로 날까 봐 될 수 있는 대로 몸을 작게 웅숭그리고 골똘히 창밖만 내다보았다. 볼품없는 건물들, 멍청히 서 있는 사람, 똘똘하게 정신 차리고 걷는 사람, 악착같이 버스에 매달리는 사람, 짐을 산더미같이 싣고 차 사이를 누비는 오토바이, 고래고래 외치는 행상, 연근 토막 같은 다리를 내놓고 구걸하는 거지, 임을 인 여자, 짐을 진 남자…… 이런 사람 사는 모습들은 실로 얼마 만인가? 성남댁은 걸신들린 것처럼 주린 눈으로 이런 것들을 실컷 바라보았다.

  화장장은 매점이나 화장실 등 잔다란 부속 건물 말고 크게 두 개의 건물로 나누어져 있었다. 굴뚝이 높이 솟은 화장장 내부는 바깥이 화창한 봄날인 것과는 상관없이 음습하고 썰렁한 회색빛이었다. 거기선 영구가 차례를 기다리기도 하고 간단한 종교 의식도 치를 수 있다지만, 영구를 밀어 넣을 수 있는 아궁이의

주억거리다 고개를 앞뒤로 천천히 끄덕거리다.
✤ 영구차 속에서 성남댁은 ~ 당당치가 못했다 진태네 가족은 남편과 아내 모두 체면을 중시해 성남댁의 존재를 감추려고 한다. 또한 속으로는 영감님의 죽음을 다행스레 여기면서도 겉으로는 망자를 위한 슬픔을 가식적으로 연기한다. 성남댁은 이런 '가짜' 인간들의 정체를 알고 있기에 자신을 "단 하나의 진짜"라고 여기는 것이다. "조마조마하고 무섭고, 당당치가 못했다"는 것은 이러한 중산층 가족의 위선과 위악을 알고는 있지만 그것을 정면으로 폭로할 상황은 되지 못하는 데서 비롯된 감정이다.
음습하다(陰濕--) (날씨나 분위기가) 흐리고 으스스하며 눅눅하다.

쇠문이 나란히 다섯 개 붙어 있는 벽만 아니라면 겨우 지어만 놓고 내부 장치를 못 한 건물처럼 황량한 미완[•]의 빈티 같은 게 흐르고 있을 뿐, 화장장이라고 특별한 덴 없었다.

 화장장과 평행으로 마주 선 건물은 대기실과 식당으로 돼 있고, 두 건물을 지붕 달린 양회[•] 바닥 통로가 이어 주고 있고, 통로 양편 황토흙엔 온실에서 꽃 피워서 심어만 놓고 돌보지 않은 서양 화초가 시들시들 늘어져 있었다. 대기실에 붙어 있는 식당에선 음식 냄새가 지독했다. 벌써 찬합과 양동이를 끄르고 나물과 지짐과 두부조림을 은박지 접시에 담는 가족이 있는가 하면, 시뻘겋게 취한 얼굴에 건강한 이빨로 소주병을 따는 아저씨도 있었다. 죽은 사람은 죽은 사람이고 산 사람은 먹어야 한다고, 눈이 부은 어린 상제를 달래는 아주머니는 먼저 식사를 한 듯 번드르르한 입가에 고춧가루가 묻어 있었다.

 화장장 굴뚝에서 깃털구름처럼 살짝 나부끼는 건 도무지 사람 타는 연기 같지 않았고, 그곳 역시 화장장 식당 같지 않았다. 화장장에 식당이 있다는 것부터가 어울리지 않았다. 왕성하게 먹는 사람, 뭘 더 가져오라고 악쓰는 소리, 밀치고 뛰고 장난치는 아이들, 서로 부르고 찾는 소리, 김치 냄새…… 영락없이[•] 시

미완(未完) 미완성. 아직 덜 됨.
양회(洋灰) 토목이나 건축의 재료로 쓰는 접합용 가루. 이것을 모래·자갈 따위와 함께 물에 반죽하면 콘크리트가 된다.
상제(喪制) 부모나 조부모가 세상을 떠나서 상중(喪中)에 있는 사람.
영락없이(零落--) 조금도 틀리지 아니하고 꼭 들어맞게.

간이 많이 늦은 시골 소읍의 결혼 피로연장이었다. 가끔 양복 소매에 헝겊을 감은 젊은 상제가 신랑처럼 피곤하게, 신랑보다는 눈치 보며 웃는 모습도 보였다.

아직 영구가 불아궁이로 들어가기 전의 가족이 모인 대기실은 시외버스 정류장처럼 붐비고 시끌시끌하고 초조해 보였다. 영구가 차례를 기다리고 늘어선 화장장과 대기실, 식당 사이를 사람들은 자주 오락가락했고, 장소에 따라 사람들은 헤까닥헤까닥 민첩하게 잘도 표정을 바꾸었다. 화장장 쪽에선 울음소리, 염불 소리가 그치지 않았고, 입 다물고 있는 사람도 비통을 온몸에 예복처럼 걸치고 있었고, 어쩌다 밤샘에 지친 상제가 꾸벅꾸벅 조는 게 약간 민망해 보일 정도였다.

사람들은 아직도 몸을 가누지 못하는 진태 엄마를 대기실 나무 의자에 눕혔다. 그녀는 화장장과 식당 사이의 완충 지대처럼 고요하고 평화롭고 품위 있게 누워 있었다. 식당과 화장장은 극과 극이어서 과연 완충 지대가 있을 만했다. 헤까닥헤까닥 표정을 바꾸는 일에 서투른 사람은 애매한 웃음과 애매한 근심으로 얼굴을 애매하게 흐리고, 그 효부 근처에서 얼쩡거리면 됐다. 진태네와 아무 상관없는 딴 집의 조객이나 상주도 그 여자 곁을 그냥 지나치지 못하고 한참 들여다보고 나서 심심한 우려와 경

소읍(小邑) 주민과 생산되는 물건이 적고 땅이 작은 마을.
✽ 비통을 온몸에 예복처럼 걸치고 있었고 죽은 자로 인한 슬픈 감정이 온몸에서 느껴질 정도로 몹시 심하다는 뜻이다.

의를 표했다. 그들은 자기네의 슬픔이 그녀에게 훨씬 미치지 못함을 마음으로부터 부끄러워하고 있음이 역력했다. 누가 보기에도 그녀의 고요와 평화와 품위는 슬픔이 고도로 정제된˙ 상태로 보였다.

  초조하게 화장장 쪽을 다녀온 진태 아버지가 아내의 이마를 짚어 보고 나서 "못난 사람 같으니라구, 사람이 이렇게 허해 가지고야……" 하면서 입맛을 다셨다. 그리고 흩어진 머리를 쓸어올려 주는 양 허리를 굽히고 날카롭게 속삭였다.

  "아직 아직 멀었어, 시체도 나라빌˙ 섰다니까."

  "돈을 써요."

  그들이 주고받는 말은 화살처럼 신속하고 정확하게 서로의 의중˙에 명중했다. 진태 아버지가 슬며시 화장장 쪽으로 돌아갔다. 이윽고 차례가 됐다는 전갈˙이 왔다. 사람들은 진태 엄마에게 그대로 거기 누워 있으라고 했지만 그녀는 다 죽어 가는 소리로 맏며느리가 어떻게 하직 인사를 안 드릴 수가 있냐고 비틀비틀 일어섰다. 사람들이 다투어 그녀를 부축했다. 영구를 보자 그녀의 슬픔은 새로운 기운을 얻어 크게 목놓아 울기 시작했다. 이제 눈물이 말라 버린 그녀의 울음은 슬픔이라기보다 히스테

정제되다(精製--) 물질에 섞인 불순물이 없어져 그 물질이 더욱 순수하게 되다.
나라비 '줄'을 속되게 이르는 말.
의중(意中) 겉으로 드러나지 않는 마음의 속.
전갈(傳喝) 사람을 시켜 말을 전하거나 안부를 물음. 또는 전하는 말이나 안부.

리에 가까웠고, 바퀴 달린 판이 영구를 아궁이 쪽으로 싣고 가자 마침내 발작적인 히스테리로 변했다. 그녀는 영구를 따라 곧 불아궁이로 들어갈 듯이 날뛰었다. 사람들이 힘을 합해 그녀를 영구로부터 떼어 냈고, 그동안에 직원들은 재빨리 영구를 문 안으로 밀어 넣었다. 문이 닫히고 문 위에 빨간 신호등이 들어오자 진태 엄마는 사지를 비틀면서 정신을 잃었다. 진태 아버지가 외마디 소리를 질렀고, 진태, 진숙이가 울었고, 친척 젊은이가 나서서 그녀를 둘러업었다. 다시 대기실에 눕히고 다리팔을 주무르고 포도주를 입 속에 흘려 넣고 한바탕 법석을 떤 후에야 그녀는 눈을 떴다. "여기가 어디예요. 암만해도 죽을 것 같아요." 그녀가 이렇게 입술을 달싹거렸다. 그녀의 친구들이 암만해도 병원에 옮겨서 기운 날 주사를 맞히고, 푹 쉬게 하는 게 좋을 거라고 떠들었다. 그럼 그럼, 진작 그럴 일이지. 모든 사람이 이의가 없자 진태 아버지는 차를 대기시키고 아내를 부축했다. 진태, 진숙이도 뒤따랐다. 그 식구들이 떠나자 사람들의 얼굴이 한결같이 홀가분해졌다. 점잖은 문상객들은 슬금슬금 자기 차로 꽁무니를 빼고 나머지들은 콜라병 아니면 소주병을 땄다. 뭐 안주 좀 없습니까? 하는 소리에 찬합이 하나 둘 열렸다.

혼자서 화장장 쪽에 남은 성남댁은 영감님 영구가 들어간 철문만 바라보고 서 있었다. 그 철문은 영락없이 그녀가 살던 아파트의 쓰레기통 문처럼 생겼다고 생각했다. 사람 팔자도 쓸모없어지면 버려지긴 쓰레기보다 나을 게 없다는 생각도 했다. 언젠가 과일 껍질과 함께 과도를 쓰레기통에 버린 적이 있었다. 영감님은 한사코 쓰레기가 모이는 지하실로 데려다 달라더니, 반나절을 쓰레기를 뒤져서 과도를 찾아냈다. 그때 영감님 몸에선 아주 고약한 냄새가 났었다. 목욕시키고 빨래하느라 혼났지만, 영감님은 대단한 공을 세운 것처럼 자랑스러워했었다. 지금 성남댁은 몸에다 영감님이 다달이 얼마간씩 여퉈 준 목돈˙을 감고 있었다. 어젯밤에 전대˙를 만들어 그걸 배에 찼더니 안 먹어도 배가 불렀다. 이런저런 생각을 하고 있는 사이에 철문 위에 빨갛게 켜졌던 불이 돌연 나갔다. 성남댁은 그게 무엇을 의미하는지 모르면서도 영감님이 운명하셨을 때처럼 한 번 가슴이 크게 내려앉았다. 철문이 나란히 붙은 벽 옆으로 난 골목에서 진태 아버지 이름을 부르는 소리가 났다. 성남댁은 놀라서 그 안을 휘둘러보았지만 진태네 식구라곤 자기밖에 없었기 때문에 두려워하면서도 부르는 쪽으로 갔다.

  벌써 유골이 나와 있었다. 그건 유골이라기보다는 재였다. 바퀴 달린 철판 위에 남아 있는 건 잘 타고 난 모닥불 자국처럼 사위어˙ 가는 분홍빛 불빛과 희고 포실포실한 재뿐이었다. 색이 바랜 군청색 제복을 입은 직원이 수상쩍은 듯 할머니가 인수하실 거냐고 물었다. 성남댁은 얼떨결에 고개를 끄덕거렸다. 보통으

목돈 한몫이 될 만한, 비교적 많은 돈.
전대(纏帶) 돈이나 물건을 몸에 지니기 위해서 무명이나 헝겊 따위로 길게 만든 자루.
사위다 불이 사그라져서 재가 되다.

로 생긴 직원이 보통 빗자루로 그 모닥불 자국 같은 재와 불기가 있는 뜬숯 같은 걸 보통 쓰레받기에 쓱쓱 쓸어 담기 시작했다. 보통 비질과 다르지 않은 직원의 이런 행동을 지켜보면서 성남댁은 당초에 두려워한 것과는 다르게 속속들이 편안해졌다. 그리고 그것을 보길 참 잘했다고 생각했다. 진태 엄마한테 남아 있던 뭔가 청산되지 않은 감정의 찌꺼기, 남아서 할 일이 있을 것 같은 치사한 미련 등이 깨끗이 가시는 걸 느꼈다. 비질해 쓸어 담은 걸 가지고 뒤쪽으로 돌아간 직원이 한참 만에 멜빵이 달린 흰 상자를 가지고 나왔다. 성남댁이 그걸 멜 수는 없다고 미처 손을 내저을 새도 없이 달려온 딸과 사위가 그것을 받았다.

혼자 남겨진 성남댁은 식당 쪽으로 가지 않고 곧장 화장장을 빠져나왔다. 그녀는 여러 사람에게 묻고 물어서 한 번만 갈아타고 성남까지 갈 수 있는 버스 노선을 알아냈다. 그 노선버스를 타려면 한참을 걸어야 했다. 어떤 사람은 택시 기본요금 거리라고 했고, 어떤 사람은 천오백 원 거리는 될 거라고 했다. 육백 원 거리고 천오백 원 거리고 상관없었다. 그녀는 택시를 타 보지 않아서 그 거리를 짐작도 할 수 없었지만 걷는 데는 자신이

뜬숯 장작을 때고 난 뒤에 꺼서 만든 숯. 또는 피었던 참숯을 다시 꺼 놓은 숯.
속속들이 깊은 속까지 샅샅이.
청산되다(淸算--) (어떤 일이나 부정적인 요소 따위가) 깨끗이 정리되어 결말이 지어지다.
멜빵 1. 짐 따위를 어깨에 걸어 메는 끈. 2. 바지, 치마 따위가 흘러내리지 않도록 어깨에 걸치는 끈.
✤ 육백 원 거리 작품이 발표될 당시인 1984년의 택시 기본요금이 600원이었음을 알 수 있다.

있었다. 머리에 임도 안 이고 걷는 걸음이라면 그까짓 거 하루 백 리는 못 걸을까 싶었다. 그동안 너무 오래 편하게 지냈지만 차츰 왕년의 걸음걸이가 살아났다. 임을 일 자신까지 생기면서 어느 틈에 엉덩이를 신나게 휘두르고 있었다. 그녀도 스스로 그걸 느꼈고, 어제 여편네들한테 들은 해괴한 흉이 생각났다. 천하 잡년들! 엉덩이짓이라면 그저 잠자리에서 그 짓 하는 생각밖에 할 줄 모르는 몸 편한 것들이 나의 엉덩이짓이야말로 얼마나 질기고 건강한 생명의 리듬이란 걸 어찌 알까 보냐는 비웃음을 그녀는 그렇게밖에 표현 못 했다. 임을 안 이고도 엉덩이짓은 되살아났지만 그 이상의 욕은 생각나지 않았다.

 진태네서 혹시 나를 찾을까? 찾아봤댔자 죽은 주인 찾아 집 나간 똥개 찾는 것만큼밖에 더 찾을까? 그런 생각도 했다. 그러나 무엇보다도 전대의 것을 풀어서 아들에게 줄 생각을 하면 즐겁고 신이 났다. 아들에게 아파트 얘기까지 안 하길 참 잘했다. 크게 바랐으면 실망도 크련만 그러지 않았으니 그만한 목돈만 봐도 감지덕지하리라.* 다 주진 말고 조금 떼어 놨다가 다시 장사를 해야지. 곧 마늘장아찌 철이 될걸. 내 모가지에 마늘 열 접이면 고작인 것을 감히 아파트 한 채를 이고 가려 했으니.* 사람

감지덕지하다(感之德之--) 분에 넘치는 듯싶어 매우 고맙게 여기다.
❋ 내 모가지에 ~ 이고 가려 했으니 머리에 짐을 이는 것은 평생 고된 일을 하며 살아온 성남댁의 특성을 단적으로 보여 주는 행동이다. 자신의 처지를 낙관적으로 받아들이는 성남댁은 평소 자신의 원칙과는 달리, 힘들이지 않고 아파트 한 채를 얻으려 했던 자신의 생각을 반성하고 있기에 '감히'라는 표현을 쓴 것이다.

이 분수를 모르면 죄를 받는다니까. 그렇지만 아파트 한 채는 지 알고, 내 알고, 하늘까지 아는 일이건만 어쩌면 그렇게 감쪽같이 사람을 속여 넘길 수가 있담. 천벌을 받을 년.

성남댁은 진태 엄마한테만은 더 걸쭉한 욕을 해 줘야 속이 후련해질 것 같은데, 삼 년 동안 점잖은 집 체면 봐주느라 잊어버린 욕은 쉬 되살아나지 않았다. 그녀는 욕 대신 카악 가래침을 한 번 뱉고 나서 걸음을 재촉했다. 욕이야 두고두고 풀어먹어도˙ 늦을 건 없지만, 그동안 주리 참듯 참은 아들, 며느리, 손주새끼 보고 싶은 마음은 걸음을 앞질러 애꿎은 엉덩이짓만 한층 요란하게 했다.

■『지 알고 내 알고 하늘이 알건만』(창작과비평사, 1984) ;
『박완서 단편소설 전집 4 – 저녁의 해후』(문학동네, 2011)

풀어먹다 써먹다. 어떤 목적에 이용하다.

지 알고 내 알고 하늘이 알건만 **작품 해설**

● 등장인물 들여다보기

성남댁

진태네에 들어가 중풍에 걸린 영감님을 돌보아 주는 대신 작은 아파트를 한 채 받기로 하지만, 영감님이 돌아가신 뒤 약속이 지켜지지 않자 중산층 가족의 속물성을 깨닫고 원래 삶의 터전인 성남으로 돌아가는 하층민 여성입니다.

먼저 성남댁에 대해 묘사한 부분을 볼까요? 그녀는 "허리띠를 질끈 동여맨 몽당치마를 입어야만 몸이 편했고", "우거지찌개하고 신 김치만 있으면 밥이 마냥 꿀맛 같은 대식가"였습니다. 그리고 "머리에 무거운 임을 이고 다니던 버릇으로 걸을 땐 엉덩이를 몹시 흔들었"으며, "말끝마다 걸쭉한 욕지거리를 덧붙이지 않으면" "속이 메슥메슥해하는 고약한 버릇들을 가지고 있었"습니다. 이를 보면 성남댁은 듬직한 체구에 낙천적인 성격, 웬만한 어려움은 너끈히 해결할 것 같은 강인한 사람이라는 것을 알아챌 수 있지요.

그런 성남댁이 자신의 본성을 억누르면서까지 진태네 집에서 안존한 마나님 노릇을 한 이유는 가난한 아들에게 번듯한 집을 마련해 주기 위해서입니다. 하지만 단순히 집 한 채를 받겠다고 영감님을 대충 돌보지는 않습니다. 그녀는 최선을 다해 영감님의 병구완을 하고, 가족들이 거짓 슬픔을 연기하는 사이 화장터에서 유해를 인도받기도 합니다. 그러다 진태 엄마의 가식적인 행동과 일방적인 약속 파기에 배신감을 느끼고는, 미련 없이 허위로 가득 찬 집을 나올 만큼 양심에 따라 행동합니다. 이처럼 성남댁은 특유의 생명력과 윤리적 자질을 지닌 인물이라고 할 수 있습니다.

진태 엄마

중산층의 가정주부로서 하층민인 성남댁을 계모로 들여 중풍에 걸린 시아버지 시중을 들게 하고, 그 대가로 열세 평짜리 아파트를 주기로 약속합니다. 그러나 성남댁 몰래 그 아파트를 팔아 버리는가 하면, 시아버지가 화장을 원했다며 거짓말을 하고, 장례식장에서는 가식적인 슬픔을 연기하는 등 인간으로서의 도리보다 자기의 이익을 앞세우는 인물입니다. 진태 엄마는 자기가 손해 볼 짓은 절대 하지 않는 영악하고 속물적인 성격을 갖고 있지요. 뿐만 아니라 주위 사람들에게 성남댁에 대해 안 좋은 소문을 내고 성적으로 상스러운 여자인 것처럼 말을 퍼뜨려 성남댁을 쫓아낼 명분을 만듭니다.

진태 엄마에게 중요한 것은 중산층 집안의 체면, 주위 사람들의 시선, 그리고 돈입니다. "자기에게 이롭지 않은 건 가차 없이 무화(無化)시키는 간악"함은 진태 엄마로 대변되는 중산층의 속성이라 할 수 있습니다. 나와 내 가족만 잘살면 된다는 도덕적 불감증을 전형적으로 보여 주는 것이지요. 또한 체면과 주위의 시선을 중시하기에 시아버지가 죽은 후 그녀가 보여 주는 애통함조차도 가식적인 것입니다. 즉, 진태 엄마는 물질적인 것만 추구하는 중산층의 속물성과 위선, 부도덕성을 상징하는 대표적인 인물입니다.

● 작품 Q&A

"선생님, 궁금해요!"

Q 이 작품의 시간적, 공간적 배경에 대해 설명해 주세요.

A 이 작품은 1984년에 발표되었는데, 작품 안에 시대상에 대한 별다른 언급이 없으므로 발표 당시를 시간적 배경으로 삼고 있다고 볼 수 있습니다. 그러니까 이 작품은 당시 도시에 살고 있던 중산층이나 하층민의 삶을 그렸다고 봐야겠죠. 작품 내적으로 보면 성남댁이 돌보던 영감님이 돌아가신 후 장례식을 치를 때까지 대략 3일 동안이 시간적 배경이 됩니다. 이 3일 동안 성남댁은, 행상을 다니다 만난 진태 엄마의 제안으로 중산층 가정에 들어가 영감님을 돌보게 된 경위를 회상하고, 고상한 줄만 알았던 진태 엄마의 속물적이고 위선적인 면모를 알게 됩니다. 그러고는 아무런 미련 없이 그곳을 떠나 원래 자신이 있던 삶의 터전으로 돌아가지요. 그러니까 3일이라는 이 기간은 성남댁이 거짓과 물질적 욕망이 지배하는 중산층의 세계를 벗어나서, 자신의 몸을 부려 정당한 대가를 받는 건강한 세계로 돌아가기 위한 깨달음과 성숙을 이루는 시간이라고 할 수 있습니다.

이 작품은 경제적으로 풍족한 중산층 가정을 공간적 배경으로 하고 있습니다. 하지만 장례식 준비를 하는 진태네 집에서는 망자에 대한 슬픔이나 엄숙함은 찾아볼 수 없습니다. 진태 엄마의 친구들은 장례식 준비를 거드는 데에는 관심이 없고, 성남댁의 과거 행색을 들추어내거나 심지어 성남댁의 성생활에 대해 제멋대로 추측하며 노골적인 농담을 나눕니다. 중산층의 비생산적이고 속물적인 면모를 보여 주는 것이죠. 이 중산층 가정을 채우고 있는 것은 탐욕과 이기심, 위선입니다. 넘쳐 나는 음식, 난장판인 부엌은 겉치레나 체면은 중요하게 생각하면서도 진정성은 없는 진태네 가족의 실상을 상징적으로 보여 줍니다.

진태네 아파트와 대조되는 공간은 사람 사는 냄새가 나는 거리입니다. 작품을 보면 성남댁이 화장장에 가는 길에 버스 차창 밖 풍경을 바라보는 장면이 나오지요? 볼품없는 건물들, 서 있는 사람, 걸어가는 사람, 짐을 싣고 달리는 오토바이, 고래고래 외치는 행상, 임을 인 여자, 짐을 진 남자 등이 있는, 성남댁이 바라보는 그 거리는 생명력과 활기가 넘치는 곳으로 묘사됩니다. 그래서 성남댁은 영감님의 화장이 끝난 후 진태네 집으로 돌아가지 않고 성남행을 택합니다. 체면 차리기를 강요받았던 진태네와는 달리, 사람 사는 모습이 넘치는 거리는 성남댁이 자기 마음대로 '엉덩이짓'을 하며 활기차게 걸을 수 있는 생존과 생명의 장소인 것이죠.

Q 작품의 제목인 '지 알고 내 알고 하늘이 알건만'이 의미하는 것은 무엇인가요?

A 성남댁이 진태네 집에 들어온 것은 영감님 병수발을 드는 대신 열세 평짜리 아파트를 주기로 진태네 엄마가 약속했기 때문입니다. 이 작은 아파트는 성남댁이 막벌이를 하며 살아가는 아들에

게 몇 년만 고생하면 줄 수 있는 엄청난 재산입니다. 그래서 성남댁은 자신의 본성을 억제하고, 진태 엄마가 요구하는 대로 안존한 마나님 역할을 합니다. 하지만 성남댁이 돈이나 재산만을 목적으로 한 채 영감님을 허투루 돌본 것은 아닙니다. 그녀는 늙고 병든 사람에 대한 연민으로 최선을 다해 영감님을 보살폈지요.

성남댁의 이런 진정성이나 인간다움과는 달리 진태 엄마는 영감님이 돌아가시자마자 태도가 확 바뀝니다. 애초에 진태 엄마는 성남댁을 단순한 시아버지의 시중꾼으로서가 아니라 계모(繼母)로 모시겠다고 약속했습니다. 하지만 뒤로는 성남댁이 하층민 출신이라는 것을 사람들에게 악의적으로 알리고, 성남댁이 일체의 장례 절차에 참여하는 것도 금지해서 사람들에게 뒷말을 듣게 합니다. 게다가 성남댁에게 주기로 약속한 아파트는 이미 몇 년 전에 팔아 치워 버렸죠. 법을 잘 모르는 데다가 사람을 잘 믿는 성남댁은 진태 엄마와 둘 사이의 계약을 법적으로 증명할 만한 어떤 문서도 가지고 있지 않습니다. 그러니까 성남댁은 지금까지 영감님 병수발을 한 보람도 없이 아무런 대가도 받지 못한 채 진태네 집을 나올 수밖에 없는 상황에 처한 것이지요.

이러한 작품 내용을 생각해 본다면, '지 알고 내 알고 하늘이 알건만'이라는 제목에서 '지'는 진태 엄마를, '내(나)'는 성남댁을 가리킵니다. 또한 '지 알고 내 알고'란 진태 엄마가 성남댁에게 아파트 한 채를 주기로 한 둘 간의 약속을 말합니다. '하늘이 알건만'은 진태 엄마가 둘 간의 약속을 일방적으로 파기하는 이기적 행동이 이치에 맞지 않고 도덕적으로도 잘못 되었다는 것을 꼬집는 것입니다. 이는 곧 문서로 분명하게 남기지 않았더라도 사람 사이의 약속은 지켜야 마땅한데, 자기 이익을 위해 남과의 약속은 아무렇지도 않게 저버리는 세태를 비판하고 있는 것이지요. 따라서 이 작품의 제목은 타인을 존중할 줄 모르는 부도덕하고 이기적인 중산층에 대한 비판적 의미를 담고 있습니다.

Q 작품에서 성남댁의 걸음걸이가 독특하게 묘사되고 있는데요, 이런 성남댁의 걸음걸이와 엉덩이짓에는 어떤 특별한 의미가 있는 건가요?

A 성남댁의 독특한 걸음걸이와 엉덩이짓은 두 가지로 해석할 수 있습니다. 하나는 예의나 체면을 모르는 하층 계급 여성의 성적인 몸짓이고, 다른 하나는 오랜 육체 노동의 결과입니다. 소문 만들기에 능한 진태 엄마의 친구들은 "엉덩이를 맹렬히 돌리면서 걷는 걸음걸이"를 육감적이며 성적인 것으로 희화화합니다. 하지만 성남댁의 독특한 걸음걸이와 엉덩이짓은 중산층 여성들이 상상하듯 성적인 욕망에서 비롯된 것이 아니라, 오랫동안 시장에서 무거운 짐을 머리에 이고 장사를 하면서 생겨난 것입니다. 일찍이 과부가 되어 힘든 노동과 행상을 하며 아이들을 키워야 했던 성남댁의 이력을 생각할 때, 이러한 성남댁의 걸음걸이는 하층민의 생명력과 관련이 있는 자연스러운 몸짓이라 할 수 있습니다.

이것은 작품의 마지막쯤 나오는 성남댁의 독백에서도 확인됩니다. "나의 엉덩이짓이야말로 얼마나 질기고 건강한 생명의 리듬이란 걸 어찌 알까 보냐"면서 요란스레 엉덩이짓을 하며 길을 걷는 성남댁의 자신감은 자신의 몸을 부려 살아가는 사람의 건강한 의식으로부터 나온 것입니다.

Q 성남댁이 돈 때문에 영감님의 재취 자리로 들어왔다고 생각하기 때문인지, 진태 엄마나 상갓집에 온 여자들을 보면 성남댁의 과거를 마구 들추어내고 무시하는 말을 거리낌 없이 하고 있어요. 정말 성남댁의 선택은 도덕적으로 비난받을 만한 걸까요? 왜 저는 그런 성남댁을 비웃고 무시하는 여자들이 더 문제가 있게 느껴지는 걸까요?

A 성남댁은 제대로 가르치지 못해 막벌이밖에 할 게 없는 아들에게 작은 아파트라도 한 채 물려주기 위해 진태 엄마가 제안한 재취 자리를 받아들입니다. 이는 어떻게 보면 돈 때문에 여성으로서의 성과 자존심을 파는 것으로 볼 수도 있습니다. 또한 영감님과 법적으로 부부 관계가 아니고 동거를 하는 것과 마찬가지이니 비윤리적이라고 여길 수도 있겠지요. 하지만 성남댁은 늙고 병든 영감님 병구완을 정성껏 합니다. 만약 이 일을 소홀히 하면서 아파트를 얻으려고 한다면 '도둑놈의 배짱'이나 마찬가지라는 소박한 윤리 의식 때문이지요.

반면 진태 엄마는 시아버지 병구완과 같은 귀찮고 힘든 일을 하기 싫어서 성남댁을 돈으로 사는 것이나 마찬가지 일을 합니다. 게다가 성남댁을 인격적으로 대우하지 않고 오히려 음란한 여자라는 소문을 지어내며, 영감님이 돌아가셔서 이용 가치가 없어지자 성남댁을 마치 없는 존재처럼 취급합니다. 같은 여자이면서도 성남댁을 성적으로 능멸하고, 체면과 돈만 중시하는 진태 엄마야말로 비도덕적인 인물이라 할 수 있지요. 그런가 하면 진태 엄마의 친구들은 상갓집 일을 도와주러 와서는 일은 하지 않고, 가식적으로 유족들을 위로할 뿐입니다. 진태 엄마의 말만 듣고 사실과 다른 괴상한 소문을 만들어 내고, 계층적으로 약자인 성남댁을 비웃습니다. 겉보기에 정숙한 이 중산층 여성들의 이중성이 윤리적으로는 더 문제라 할 수 있는 것이지요. 성남댁이 이 속물적인 가짜 무리들 중에서 자기만이 "단 하나의 진짜"라고 여기는 것도 온갖 어려움을 헤쳐 온 사람만이 가질 수 있는 자신감에서 비롯된 것입니다.

❊ 더 읽어 봅시다 ❊

하층민의 강인한 생명력을 다룬, 작가의 또 다른 작품

박완서, 〈흑과부〉 _화자인 '나'의 동네에서 광주리장사 겸 단골집의 허드렛일을 도맡아 하며 억척스럽게 살아가는 '흑과부'의 강인한 생명력을 다룬 작품이다. 그녀는 평소 과부라는 사실을 밑천 삼아 동네 아줌마들에게 물건을 강매하다시피 했으나 남편이 살아 있다는 사실이 알려지면서 배척을 당한다. 그러다 지병이 있던 남편이 죽고, 그 후에도 여전히 씩씩하고 건강하게 일을 하면서 살아가는 것을 보고, '나'는 현실에 안주하는 자신의 소시민성을 반성하게 된다.

일제 강점기 하층민 여성의 불행한 삶을 다룬 작품

강경애, 〈소금〉 _일제 강점기, 간도로 이주해 간 하층민 여성을 주인공으로, 그 당시 하층민 여성의 경우 민족적, 계층적 모순과 함께 성적인 모순까지 몸으로 감당해야 했음을 상징적으로 보여 주는 작품이다. 봉염 어머니는 마적단에 의해 남편이, 공산당에 의해 아들이 죽자 딸 봉염을 데리고 먹고살기 위해 중국인 지주의 집에서 허드렛일을 한다. 하지만 지주에게 겁탈을 당한 상태로 내쫓겨 아이까지 낳게 된다. 그러나 딸 봉염과 아이는 병으로 죽고, 봉염 어머니는 소금 밀수일을 하다가 중국인 관헌에게 잡히는 신세가 된다.

작가
소개

박완서(1931 ~ 2011)

여성의 눈으로 한국 근현대사를 증언하고 비판하다

박완서는 1970년 「여성동아」 여류 장편 소설 공모에 〈나목〉이 당선되어 등단한 후 2011년 사망 전까지 100여 편이 넘는 중·단편과 장편, 동화집, 산문집을 펴내는 등 활발한 작품 활동을 했다. 그의 작품 세계는 크게 '전쟁과 분단의 상처, 한국 사회의 물신주의와 중산층의 속물성, 가부장제와 자본주의의 결합으로 파생된 여성 문제에 대한 분석과 비판' 같은 몇 가지 주제로 나누어 볼 수 있다.

1970년대에 출간된 작품집 『부끄러움을 가르칩니다』(1976)와 『배반의 여름』(1978)에 실린 초기 단편들은 중산층의 속물성과 개발 독재의 와중에서 한국 사회에 널리 퍼진 물신주의를 냉소적이고 신랄한 어조로 비판하고 있다. 이 같은 문제의식을 여성의 시각에서 포착한 단편들로 〈어떤 나들이〉(1971), 〈지렁이 울음소리〉(1973), 〈닮은 방들〉(1974) 등이 있다. 작가는 장편 〈휘청거리는 오후〉(1977), 〈살아 있는 날의 시작〉(1980), 〈서 있는 여자〉(1985), 〈그대 아직도 꿈꾸고 있는가〉(1989)에서도 가부장적인 남성과의 결혼이나 시집살이의 어려움, 호주제 등을 소재로 삼아 남성 중심 사회의 봉건성을 비판하고, 여성이 주체로서의 자존감을 회복해 가는 과정을 그렸다.

1980년대 중반 무렵 발표된 〈엄마의 말뚝〉 연작은 신여성이 된다는 것, 즉 여성의 근대 체험과 성장 이야기를 식민지 근대화와 6·25 전쟁으로 인한 분단 등 한국 근현대사와 결합하여 그리고 있다. 이처럼 박완서의 작품 세계는 한국 근현대사를 여성의 시각에서 증언하는 것에 그 뿌리를 두고 있으며, 이와 같은 경향은 1990년대 〈그 많던 싱아는 누가 다 먹었을까〉(1992), 〈그 산이 정말 거기 있었을까〉(1995) 같은 자전적인 성장 소설에서 더 구체화된다. 1990년대 발표된 소설들의 또 다른 특징은 〈저문 날의 삽화〉 연작(1991), 〈너무도 쓸쓸한 당신〉(1997) 등에서 볼 수 있는 바와 같이 노년기 인물이나 화자를 통해 노인 문제를 다양하게 형상화하고 있다는 것이다.

박완서의 글쓰기를 지탱하는 양대 축은 일제 강점기, 6·25 전쟁과 같은 한국 근현대사를 복원하려는 정신과 증언 정신이라 할 수 있다. 복원 정신은 누구나 다 알고 있지만 공론화하지 않은 역사적 사실을 기억하고 찾아내어 거기에 다시 의미를 부여하는 것이다. 특히 1980년대 중반부터 1990년대까지 작가의 작업은 가족사와 개인사의 복원에 집중되어 있다. 또한 증언 정신은 있는 그대로를 충실히 전달하려는 데 근거한 것으로서, 이는 작가가 오랜 세월 글쓰기를 할 수 있는 힘, 독자에게 호소력을 자아내는 힘이 되었다. 이러한 증언 정신은 물질적인 탐욕에 젖은 자본주의적 인간 군상을 비판하고, 때로는 남아 선호 사상을 일삼는 가부장제 사회를 비판하기도 한다. 즉, 작가는 가족사의 비극을 증언하는 데 그치는 것이 아니라,

이를 여성의 현실, 중산층의 현실, 하층민의 현실, 분단 현실을 리얼리스트의 눈으로 고발하려는 의지로 승화한 것이다. 이처럼 박완서 문학의 힘은 증언자의 정신, 진실을 밝혀내려는 복원 정신을 끝까지 지킨 데 있다.

이 책에 실린 〈그 여자네 집〉은 김용택의 시 〈그여자네 집〉을 모티프로 하여 평범한 청춘 남녀의 연애가 어떻게 거대 역사인 일본의 식민 통치 정책과 수탈, 해방 후 분단으로 인해 훼손되는지를 서정적으로 그렸다. 또한 〈엄마의 말뚝 2〉는 작가의 자전적 경험을 토대로 한 작품으로, 6·25 전쟁 때 오빠의 죽음이 어떻게 한 가족의 삶에 지속적으로 영향을 미쳤는지를 증언함으로써 분단이라는 '괴물'이 아직도 현재 진행형임을 설득력 있게 그려 냈다. 마지막으로 〈지 알고 내 알고 하늘이 알건만〉은 박완서 특유의 직설적이고 수다스러운 문체로 중산층의 속물성과 이중성을 까발리고, 하층 계급 여성의 생명 의식과 윤리성을 대조적으로 형상화하였다.

이처럼 박완서의 소설은 평범한 사람들의 일상과 작가의 체험에서 출발하여 한국 사회의 모순이라든가 나이듦, 죽음에 대한 성찰과 같은 보편적 문제를 이끌어 냄으로써 독자들의 많은 사랑을 받고 있다.

연보

1931년 _ 10월 20일, 경기도 개풍군 청교면 묵송리 박적골에서 박영노와 홍기숙의 외딸로 태어남. 열 살 위인 오빠가 있음.

1934년 _ 아버지 돌아가심. 어머니가 오빠만 데리고 서울로 떠나 조부모와 숙부모 밑에서 어린 시절을 보냄.

1938년 _ 서울로 거처를 옮김. 매동국민학교에 입학함.

1944년 _ 숙명여고에 입학함.

1945년 _ 소개령(疎開令 : 공습이나 화재 등에 대비하기 위해, 한곳에 집중되어 있는 주민이나 물자, 시설물 등을 분산시키는 명령) 탓에 개성으로 이사하여 호수돈여고로 전학함. 고향에서 해방을 맞은 뒤 서울로 와 학교를 계속 다님. 여중 5학년 때 담임을 맡은 소설가 박노갑에게서 많은 영향을 받음.

1950년 _ 서울대학교 문리대 국어국문학과에 입학함. 6월 하순에 입학식이 있어서 학교를 다닌 기간은 며칠 되지 않음. 6·25 전쟁으로 오빠와 숙부가 죽은 후 가족의 생계를 책임지게 됨. 미8군 PX의 초상화부에 근무하다 화가 박수근을 알게 됨.

1953년 _ 호영진과 결혼함.

1970년 _ 〈나목〉이 「여성동아」 여류 장편 소설 공모에 당선됨.

1972년 _ 「현대문학」에 〈세상에서 제일 무거운 틀니〉를 발표함.

1973년 _ 「문학사상」에 〈주말농장〉을 발표함.

1975년 _ 「문학사상」에 〈겨울 나들이〉를 발표함.

1976년 _ 첫 창작집 『부끄러움을 가르칩니다』(일지사)를 출간함. 「창작과 비평」에 〈조그만 체험기〉를 발표함. 「동아일보」에 〈휘청거리는 오후〉를 연재함.

1977년 _ 「신동아」에 〈흑과부〉, 「한국문학」에 〈꿈을 찍는 사진사〉, 「문예중앙」에 〈그 살벌했던 날의 할미꽃〉 등을 발표함. 장편 『휘청거리는 오후』(창작과비평사), 중편집 『창 밖은 봄』(열화당), 수필집 『꼴찌에게 보내는 갈채』(평민사), 『혼자 부르는 합창』(진문출판사)을 출간함.

1978년 _ 창작집 『배반의 여름』(창작과비평사), 장편 『목마른 계절』(원제 '한발기', 수문서관), 수필집 『여자와 남자가 있는 풍경』(한길사)을 출간함.

1979년 _ 「동아일보」에 〈살아 있는 날의 시작〉을 연재함. 장편 『도시의 흉년』(문학사상사, 전3권), 장편 『욕망의 응달』(수문서관), 창작동화 『달걀은 달걀로 갚으렴』(샘터사)을 출간함.

1980년 _ 〈그 가을의 사흘 동안〉(「한국문학」)으로 한국문학작가상을 수상함. 「문학사상」에 〈엄마의 말뚝 1〉, 「세계의문학」에 〈침묵과 실어〉를 발표함. 장편 『살아 있는 날의 시작』(전예원)을 출간함.

1981년 _ 〈엄마의 말뚝 2〉(「문학사상」)로 제5회 이상문학상을 수상함. 작품집 『도둑맞은 가난』(민음사)을 출간함.

1982년 _ 「한국일보」에 〈그해 겨울은 따뜻했네〉를 연재함. 단편집 『엄마의 말뚝』(일월서각), 장편 『오만과 몽상』(한국문학사), 수필집 『살아 있는 날의 소망』(학원사)을 출간함.

1984년 _ 「문학사상」에 〈울음소리〉, 「현대문학」에 〈저녁의 해후〉를 발표함. 14인 신작 소설집 『지 알고 내 알고 하늘이 알건만』(창작과비평사)에 단편 〈지 알고 내 알고 하늘이 알건만〉을 발표함.

1985년 _ 「문학사상」에 〈미망〉을 연재함. 장편 『서 있는 여자』(학원사), 단편집 『그 가을의 사흘 동안』(나남)을 출간함.

1986년 _ 수필집 『서 있는 여자의 갈등』(나남), 창작집 『꽃을 찾아서』(창작과비평사)를 출간함.

1988년 _ 남편과 아들을 연이어 잃음. 「문학사상」에 연재하던 〈미망〉을 10월부터 다음해 6월까지 중단함.

1989년 _ 「여성신문」에 장편 〈그대 아직도 꿈꾸고 있는가〉를 연재하고 삼진기획에서 출간함.

1990년 _ 장편 『미망』(문학사상사, 전 3권)을 출간함. 이 작품으로 대한민국문학상 우수상을 수상함. 수필집 『나는 왜 작은 일에만 분개하는가』(햇빛출판사)를 발간함. 출판사의 주선으로 성지 순례를 다녀옴.

1991년 _ 「작가세계」에 〈엄마의 말뚝 3〉을 발표함. 창작집 『저문 날의 삽화』(문학과지성사), 콩트집 『나의 아름다운 이웃』(작가정신)을 출간함. 『미망』으로 제3회 이산문학상을 수상함.

1992년 _ 장편 『그 많던 싱아는 누가 다 먹었을까』(웅진출판)를 출간함.

1993년 _ 「현대문학」에 발표한 〈꿈꾸는 인큐베이터〉로 제38회 현대문학상을 수상함.

1994년 _ 수필집 『한 말씀만 하소서』(솔출판사), 창작 동화 『부숭이의 땅힘』(한양출판사)을 출간함. 〈나의 가장 나종 지니인 것〉(「상상」 창간호, 1993)으로 제25회 동인문학상을 수상함.

1997년 _ 『그 산이 정말 거기 있었을까』(웅진출판, 1995)로 제5회 대산문학상을 수상함.

1998년 _ 수필집 『어른노릇 사람노릇』(작가정신), 창작집 『너무도 쓸쓸한 당신』(창작과비평사)을 출간함.

1999년 _ 『박완서 단편소설 전집』(문학동네, 전 6권)을 출간함. 〈너무도 쓸쓸한 당신〉으로 제14회 만해문학상을 수상함.

2000년 _ 장편 『아주 오래된 농담』(실천문학사)을 출간함.

2001년 _ 단편 〈그리움을 위하여〉로 제1회 황순원문학상을 수상함.

2004년 _ 장편 『그 남자네 집』(현대문학)을 출간함. 예술원 회원으로 선정됨.

2006년 _ 산문집 『잃어버린 여행가방』(실천문학사)을 출간함. 제16회 호암예술상을 수상함.

2007년 _ 산문집 『호미』(열림원), 창작집 『친절한 복희씨』(문학과지성사)를 출간함.

2009년 _ 이야기 모음집 『세 가지 소원』(마음산책), 동화집 『이 세상에 태어나길 참 잘했다』(어린이작가정신)를 출간함. 「문학동네」에 단편 〈빨갱이 바이러스〉를 발표함.

2010년 _ 산문집 『못 가본 길이 더 아름답다』(현대문학)를 출간함.

2011년 _ 지병인 담낭암으로 투병하다 1월 22일 타계함.

사후

2011년 _ 1월 24일, 금관문화훈장이 추서됨.

2012년 _ 서거 1주기를 추모하는 마지막 소설집 『기나긴 하루』(문학동네), 마지막 산문집 『세상에 예쁜 것』(마음산책)이 출간됨. 『박완서 소설전집 결정판』(세계사)이 출간됨.